16 NOUVELLES MÉTAMORPHOSES D'OVIDE

© Flammarion, 2010
87, quai Panhard-et-Levassor – 75647 Paris cedex 13
ISBN : 978-2-0812-2845-0

OVIDE, ADAPTÉ PAR FRANÇOISE RACHMUHL

16 NOUVELLES MÉTAMORPHOSES D'OVIDE

Illustrations de Frédéric Sochard

Flammarion Jeunesse

INTRODUCTION

La vie d'Ovide

Ovide a vécu à la charnière de deux époques puisqu'il est né en − 43 avant Jésus-Christ et mort en 17. C'est un tournant entre deux siècles ; entre deux mondes, le monde païen et le monde chrétien, et, plus précisément à Rome, entre deux régimes politiques, la République et l'Empire.

Ovide connaît dans son enfance une période de troubles ; la guerre civile fait rage. Jules César a été assassiné l'année précédant sa naissance. Octave et Antoine se disputent le pouvoir suprême. Vainqueur de son rival à la bataille d'Actium, Octave règne ensuite sous le nom d'Auguste ; il est le premier empereur. Les Romains retrouvent la paix et croient à un autre âge d'or. Tous les poètes de cette époque – dont Virgile, le plus grand d'entre eux, l'auteur de *L'Énéide* – célèbrent à l'envi le nouvel empereur.

Mais lorsque Ovide atteint la maturité, une certaine désillusion s'est emparée des esprits.

Nous ne connaissons pas tous les détails de la vie d'Ovide. Nous savons qu'il est né dans une ville de province, au centre de l'Italie, au sein d'une famille de petite noblesse.

Il suit à Rome d'excellentes études. Il apprend les règles de l'éloquence mais refuse de faire carrière dans la magistrature. Il s'intéresse surtout à la poésie. « De lui-même le poème venait... Tout ce que je tentais de dire était en vers », écrira-t-il plus tard.

Comme c'est la coutume pour les fils de bonne famille, afin de parfaire son éducation, il part en Orient, avec un ami d'origine grecque. Ils visitent la Grèce, parcourent l'Asie Mineure, se rendent à Ilion, la cité reconstruite sur les ruines de Troie, vont en Crète et s'attardent en Sicile, fascinés par le spectacle grandiose de l'Etna en effervescence. Ovide se souviendra des paysages entrevus au cours de son voyage et des œuvres d'art, monuments, peintures, sculptures, qu'il a pu contempler ; ils serviront de cadres et de modèles aux personnages dans *Les Métamorphoses*.

Quand il revient à Rome, Ovide se lance dans la carrière des lettres. Il publie surtout des ouvrages légers, *Les Amours*, *Les Héroïdes* – lettres imaginaires d'héroïnes de la mythologie – et *L'Art d'aimer*. Sa tragédie, *Médée*, aujourd'hui perdue, connaît le succès. Il devient un auteur à la mode. On le juge agréable mais dépourvu de profondeur. Pourtant, à cette époque, il entreprend une œuvre d'une tout autre importance : *Les Métamorphoses*. En retraçant les transformations des dieux et des hommes depuis le commencement du monde jusqu'à la mort de Jules César, il a l'ambition d'égaler Virgile, mort en − 19 avant Jésus-Christ, et il espère que son poème pourra rivaliser avec *L'Énéide*.

Les Métamorphoses ne sont pas tout à fait terminées, mais déjà des copies circulent dans les milieux lettrés. C'est alors qu'en l'an 8 après Jésus-Christ il reçoit de l'empereur l'ordre de quitter Rome ; on ne sait pas pour quelle raison. Il doit laisser sa femme, sa fille, tous ses biens et partir en exil sur les rives du Pont-Euxin, aujourd'hui la mer Noire. Il vivra jusqu'à sa mort à Tomes, dans l'actuelle Roumanie, un pays froid et lointain que les Romains trouvent barbare. Malgré ses suppliques, ni Auguste ni son successeur n'acceptent son retour à Rome. Avant de mourir, il écrit deux recueils aux titres significatifs, *Les Tristes* et *Les Pontiques*.

Les Métamorphoses

15 volumes, plus de 12 000 vers, 230 récits de métamorphoses, c'est l'un des plus longs poèmes de l'Antiquité et l'un des plus beaux, même si son

auteur n'a pu le réviser comme il le souhaitait. C'est
« un volume orphelin de père... Le dernier coup de
lime lui a manqué », affirme-t-il dans *Les Tristes*.

Les Métamorphoses remportent un grand succès du
vivant d'Ovide – succès qui ne s'est pas démenti au
fil du temps. Au Moyen Âge, on considère l'œuvre
comme un réservoir inépuisable de citations et d'histoires. À la Renaissance, grâce à l'invention de l'imprimerie, les éditions se succèdent. Et depuis, au long des
siècles, *Les Métamorphoses* inspirent poètes, peintres
et musiciens. Elles font partie du patrimoine culturel
de l'Europe et suscitent toujours un vif intérêt.

C'est qu'Ovide est d'abord un excellent conteur,
vivant, varié, capable de prendre tous les tons, tantôt
tendre, tantôt tragique ou amusé. Il sait tenir le lecteur en haleine, en interrompant une histoire pour en
conter une autre, à la manière de Shéhérazade dans
Les Mille et Une Nuits, ou bien en faisant intervenir
dans un nouvel épisode un personnage déjà connu, ce
qui établit des liens entre les différents récits.

Ovide connaît les êtres humains dans toute leur
complexité. Ses héros sont en proie au doute, au
regret, à la passion, à la folie. Grâce à lui nous pénétrons dans leurs pensées et dans leur cœur, nous
partageons leurs sentiments, même si nous ne les
approuvons pas.

Le thème principal de l'œuvre est évidemment
l'amour, sous ses multiples aspects : non seulement

la passion destructrice, qui peut conduire à la trahison et au meurtre, mais aussi l'amour conjugal, peint avec la plus grande délicatesse. D'autres thèmes figurent, témoignant de la cruauté des hommes, tels que la chasse ou la guerre, tandis que la cruauté du destin se manifeste à travers le déchaînement de la tempête ou la propagation de la terrible épidémie dont souffrent les habitants d'Égine.

Quant aux dieux, si Ovide se plaît à narrer leurs aventures, comme la plupart des hommes de son temps il ne croit guère à leur divinité. Mais il a réfléchi aux grands problèmes de la vie. Il expose une philosophie inspirée par les penseurs grecs ou latins : l'univers est en permanente métamorphose, tout se transforme sans cesse, choses et gens, et l'amour est la force vitale qui préside à ces transformations.

C'est l'artiste – écrivain, sculpteur, musicien – qui est chargé d'exprimer ce monde en perpétuel mouvement et, dans une certaine mesure, d'agir sur lui. Les figures de Pygmalion, d'Orphée, de Dédale sont les porte-parole d'Ovide et nous invitent à réfléchir au rôle que doit jouer la création artistique.

L'adaptation

L'intérêt des *Métamorphoses* pour les enfants d'aujourd'hui n'est plus à démontrer. Non seulement ce sont des histoires passionnantes, mais elles nous fournissent toutes sortes de renseignements sur la manière de vivre des Anciens : vie quotidienne, rites du mariage et du deuil, pratiques religieuses, voyages et combats. Si les épisodes se déroulent souvent à la cour des princes, les petites gens ne sont pas oubliées : paysans coupant des joncs dans les marais ou bergers s'occupant de leurs bêtes. *Les Métamorphoses* nous permettent aussi d'acquérir une meilleure connaissance de la mythologie, des attributs des dieux et de leurs rapports entre eux et avec les hommes. L'imagination n'est pas en reste : le texte offre un savoureux mélange de merveilleux et de réalisme.

Cependant, l'expérience montre qu'une traduction littérale, hérissée de mots compliqués, bardée de savantes références, semble incompréhensible aux jeunes lecteurs et les lasse vite. C'est pourquoi ce petit livre propose une adaptation de certains extraits de l'œuvre. Pour rendre le récit plus facile à suivre, j'ai souvent dû abréger, condenser, voire supprimer quelques longueurs, surtout dans les discours. La mythologie dans ses moindres détails était connue des lecteurs romains ; ce n'est plus le cas aujourd'hui. J'ai simplifié les nomenclatures, exprimé en clair les allusions et, pour ne pas alourdir le texte de notes, incorporé parfois à celui-ci les explications indispensables.

J'ai pris soin cependant de respecter le mouvement de chaque épisode et le déroulement de ses différentes parties, le caractère des personnages, la tonalité du récit. J'ai conservé les détails expressifs. J'ai tenu aussi à présenter les textes dans le même ordre que dans l'œuvre originale, ordre voulu par l'auteur.

Enfin, mon souci a été de proposer aux lecteurs, à côté de légendes célèbres, des récits moins connus et d'offrir ainsi un vaste choix de métamorphoses : punitions données par les dieux offensés ou provoquées par un méchant destin ; récompenses aux humains qui le méritent ; ou bien transformations voulues par ceux-là mêmes qui les subissent, pour échapper à un danger certain.

Tel qu'il est, ce second volume des *Métamorphoses*, destiné à compléter et enrichir le premier, ne prétend pas à la perfection. Il voudrait seulement procurer aux jeunes lecteurs plaisir et profit, en leur livrant passage dans le monde d'Ovide, à la fois si étrange et si familier.

1. LE LAURIER D'APOLLON

Voici un joli conte qui explique pourquoi le laurier garde son feuillage luisant en toute saison et pourquoi, tressé en couronne, il orne la tête d'Apollon et il est offert en récompense aux athlètes et aux généraux vainqueurs.

C'était au commencement du monde, après le déluge[1], quand des hommes nouvellement créés repeuplaient la terre. Sous l'effet de la lumière et de la chaleur du soleil, le sol imprégné

---

1. Voir *16 Métamorphoses d'Ovide*, chap. 1, Au commencement du monde : Deucalion et Pyrrha, p. 13.

d'eau donnait naissance à toutes sortes d'animaux ; parmi eux, un serpent monstrueux, Python, dont le corps immense couvrait la montagne, plongeant les populations dans la terreur.

Heureusement le jeune dieu Apollon passait par là, tenant son arc à la main. Il ne s'en était jamais servi que pour chasser daims et chevreuils, mais aussitôt il le tendit et décocha au monstre tant de flèches qu'il en vida son carquois. La bête mourut, laissant couler un noir venin de ses blessures.

Pour célébrer cet exploit, le dieu créa les jeux Pythiens – du nom du serpent vaincu. Ils eurent lieu tous les quatre ans, à Delphes, et les jeunes gens vainqueurs aux concours de chants, aux épreuves de gymnastique ou aux courses de chars recevaient pour récompense une couronne de feuilles de chêne. Car le laurier n'existait pas encore en ce temps-là.

Un jour qu'Apollon se remémorait sa lutte contre Python et sa victoire, il aperçut Cupidon, le petit dieu de l'amour, en train de courber son arc pour y fixer la corde.

« Tu m'as l'air bien occupé, cher enfant ! s'écria Apollon d'un ton moqueur. Pourquoi ne laisses-tu pas cette arme aux vrais héros comme moi ? Capables de blesser un ennemi, un fauve, un animal gigantesque tel que le serpent Python, dont j'ai débarrassé la terre !... Contente-toi donc de poursuivre les amoureux de la lueur de ta torche !

— Que tes flèches atteignent leur but, je n'en doute pas, répondit Cupidon. Mais moi, j'ai d'autres intentions et c'est toi que j'atteindrai ! »

Sur ces paroles, le petit dieu s'envola à tire-d'aile jusqu'au sommet du mont Parnasse. Là, il tira de son carquois deux flèches : la première en métal, avec une pointe aiguë, faisait naître un amour fou ; la seconde, aussi molle qu'un roseau émoussé du bout, rendait insensible à l'amour.

Cupidon visa soigneusement et, de la première flèche, blessa Apollon, traversant les os jusqu'à la moelle. La seconde flèche atteignit Daphné, la nymphe fille du fleuve Pénée.

Daphné vivait dans les forêts, passant son temps à chasser et ne se souciant pas de l'amour. Parfois son père lui disait : « Quand me donneras-tu un gendre ? Quand aurai-je, grâce à toi, des petits-enfants ? » Daphné rougissait et se pendait au cou de son père. « Je veux rester telle que je suis ! Père chéri, accorde-moi la permission de ne jamais me marier. Jupiter l'a bien permis à Diane, la déesse chasseresse. »

Le fleuve Pénée accepta. Mais la beauté de la nymphe était si éclatante qu'aucun homme ne pouvait y être indifférent – à plus forte raison un dieu.

Dès qu'il la voit, Apollon ne pense plus qu'à s'unir à elle. Il contemple avec ravissement ses cheveux retenus par un simple bandeau, ses yeux brillants, ses bras à demi nus. Elle s'enfuit, plus rapide que le vent, et n'écoute pas ce que lui dit le dieu.

« Daphné, fille du Pénée, arrête-toi ! Je t'en prie, reste ! Je ne suis pas ton ennemi, c'est l'amour qui me lance à ta poursuite, malheureux que je suis ! Fais attention, les ronces vont t'égratigner les jambes, le chemin que tu prends est dangereux ! Je ne voudrais pas être la cause d'un accident. Ne me fuis pas, je t'en supplie ! Apprends à me connaître. Je ne suis ni un paysan grossier, ni un berger de bœufs et de moutons. C'est moi qu'on honore à Delphes, sur la côte d'Ionie, en Lycie. Jupiter est mon père. Je suis capable de dévoiler le passé et l'avenir et, grâce à moi, les poètes accompagnent leurs vers du chant de la lyre. J'ai découvert la médecine et toutes les vertus des plantes. Hélas ! à quoi me sert cette science ? Aucune plante ne peut me guérir ! »

Mais Daphné ne l'écoute plus et court, court à perdre haleine. Le vent de la course plaque ses vêtements contre son corps, rebrousse ses cheveux : elle paraît plus belle encore et le jeune dieu la poursuit et bientôt la rattrape, frôle son dos et souffle sur sa nuque. La nymphe pâlit ; elle succombe à la fatigue. Elle tourne les yeux vers les eaux du Pénée, qu'elle côtoie.

« Mon père, s'il est vrai que vous autres, fleuves, exercez un pouvoir divin, fais-moi perdre mon apparence ! Que je puisse cesser de plaire ! »

À peine a-t-elle achevé sa prière qu'elle sent ses membres s'alourdir. Une mince écorce enveloppe sa poitrine, ses cheveux deviennent des feuilles, ses bras, des branches, ses pieds, qui étaient si rapides, s'enracinent dans la terre et l'on aperçoit son visage, entre deux rameaux, au sommet de l'arbre. Et pourtant, telle qu'elle est, Apollon l'aime encore.

Il entoure de ses bras le jeune tronc, le couvre de baisers et lui parle : « Puisque tu ne peux être ma femme, tu seras désormais mon arbre : le laurier. Je te prendrai pour orner ma chevelure, ma lyre, mon carquois. Tu décoreras le front des généraux romains lorsqu'ils défileront en triomphe dans les rues de la ville. Tu te tiendras à l'entrée du palais impérial, de chaque côté du grand chêne, et de même que moi, Apollon, j'aurai toujours au fil des ans mon visage de jeunesse, couronné de cheveux bruns, de même, en toute saison, tu garderas ton feuillage au vert éclatant. »

À ces mots le laurier incline doucement ses branches, comme pour approuver la promesse du dieu.

(Livre I)

2. Callisto

En lisant l'histoire de Callisto, nous allons assister à une double métamorphose ; horrible d'abord pour la nymphe, avant l'heureuse transformation qui la transporte dans le ciel. Quant à son fils Arcas, il aurait, d'après les Anciens, donné son nom à l'Arcadie, cette belle région de Grèce, au centre du Péloponnèse.

Quand Phaéton, le fils du Soleil, emprunta le char de son père[1], il ne sut pas le diriger et ses chevaux s'emballèrent. Pris de panique,

1. *16 Métamorphoses d'Ovide*, chap. 3, La course de Phaéton, p. 29.

il provoqua un incendie géant qui faillit détruire l'univers. Jupiter dut intervenir : il foudroya l'imprudent.

Puis il alla en haut du ciel, où se trouvait le palais des dieux, pour s'assurer que le mur d'enceinte était resté solide. Ceci fait, il jeta les yeux sur la terre, qui avait tant souffert ; en particulier sur sa chère Arcadie, pays de montagnes et de forêts.

Sous son regard, les fleuves se remirent à couler, l'herbe à couvrir le sol brûlé et les arbres retrouvèrent leur feuillage. Ce fut alors que le maître des dieux remarqua, au plus profond des bois, une jolie nymphe étendue sur la mousse, dont il tomba aussitôt amoureux.

Elle était seule et sans défense et Jupiter pensa que, s'il s'approchait d'elle, son épouse, la terrible Junon, n'en saurait rien.

Callisto appartenait à la suite de Diane, la déesse de la chasse, dont elle était l'une des nymphes favorites. Elle ne savait pas s'occuper du ménage, elle ne s'intéressait pas à la toilette. C'était une fille toute simple : une fois sa tunique agrafée sur l'épaule, ses cheveux en broussaille retenus par un lien, elle empoignait son arc ou son javelot et ne songeait plus qu'au gibier.

Ce jour-là, elle était seule et fatiguée d'avoir couru à travers la montagne ; elle avait suspendu son arc à une branche, puis s'était étendue, la nuque appuyée sur son carquois, dont les couleurs brillantes tranchaient sur le vert sombre des feuillages.

« Dis-moi, ô jeune fille, toi qui fais partie de mon cortège, où es-tu donc allée chasser ? »

Callisto se leva d'un bond, croyant entendre Diane en personne. Hélas ! ce n'était pas Diane, c'était Jupiter, qui avait pris les traits de la déesse.

Il questionna la nymphe, mais n'écouta pas sa réponse, il l'embrassa passionnément, il l'enlaça. Elle comprit trop tard à qui elle avait affaire. Et comment aurait-elle pu résister au roi des dieux ?

Dès que Jupiter eut obtenu ce qu'il voulait, il regagna le ciel, laissant Callisto si bouleversée qu'en s'en allant elle faillit oublier son arc et son carquois. Elle entendit alors, à travers les arbres, une rumeur joyeuse : Diane rentrait de la chasse, triomphante au souvenir du gibier massacré.

La déesse aperçoit Callisto et l'appelle... D'abord celle-ci veut fuir, craignant qu'il ne s'agisse encore de Jupiter déguisé. Mais en voyant les autres nymphes, ses compagnes, elle se rassure. Pourtant elle n'ose plus marcher, comme elle le faisait avant, à la tête de leur cortège. Elle avance lentement, les yeux baissés, silencieuse, consciente de son malheur.

Au cours des mois suivants, Diane aurait sans doute pu se rendre compte de l'état de sa nymphe. Mais Diane n'avait pas d'époux et ne connaissait pas l'amour.

Elle découvrit la grossesse de Callisto un jour qu'il faisait chaud et qu'elle profitait, avec ses nymphes, de la fraîcheur d'un petit bois. Un ruisseau murmurant coulait. La déesse tâta l'eau claire du bout du pied et s'écria : « Comme il ferait bon se baigner ! Nous sommes seules ici, personne ne peut nous voir. Retirons nos voiles ! »

Les nymphes obéirent avec joie. Seule Callisto résista. À la fin elle dut, elle aussi, ôter sa tunique. Elle essaya en vain de cacher de ses mains son ventre rond. Diane, cette fois, comprit et la chassa immédiatement.

Quant à Junon, elle connaissait depuis longtemps l'infidélité de son époux. Pour se venger de Callisto, elle attendait son heure.

Dès que la nymphe a donné naissance à un fils, Junon se dresse devant elle, l'attrape par les cheveux et la jette à terre, la face contre le sol. La malheureuse Callisto a beau supplier la déesse, en lui tendant les bras : voici que ses bras se couvrent de poils, ses mains s'allongent, munies de griffes recourbées, sa bouche est une gueule d'où sortent des grondements terrifiants. Elle n'avance plus qu'à quatre pattes.

Ourse elle est devenue et désormais elle vit comme une ourse. Elle, qui poursuivait les bêtes sauvages, est à son tour poursuivie par les chasseurs. Cependant il lui arrive d'oublier sa métamorphose et de fuir devant les ours des montagnes, comme si elle n'était pas l'un d'eux.

Elle a gardé son cœur de femme. Elle souffre, elle gémit, elle accuse Jupiter d'ingratitude ; elle se lamente en revoyant la maison et les champs qui, autrefois, lui appartenaient.

Quinze années s'écoulèrent ainsi. Arcas, le fils de la nymphe et de Jupiter, était devenu un chasseur hardi. Un jour qu'il se trouvait dans la montagne et préparait ses filets pour capturer les bêtes sauvages, il se trouva nez à nez avec sa mère.

L'ourse le regardait fixement, comme si elle le reconnaissait. Lui-même, sans savoir pourquoi, se mit à trembler et recula. L'animal alors fit un mouvement pour s'approcher. Arcas brandit son javelot, s'apprêtant à transpercer l'ourse – sa propre mère.

Jupiter ne le permit pas. Il les avait vus et les emporta à travers le ciel pour en faire des constellations : la Grande Ourse et le Bouvier.

Et malgré la rage impuissante de Junon, la Grande Ourse et le Bouvier resplendissent toujours dans le ciel nocturne.

(Livre II)

3. La chasse d'Actéon

Avec l'amour immodéré de la chasse, ce récit met en lumière la cruauté du sort qui s'acharne sur le héros. Celui qui a vu ce qu'il ne devait pas voir, ne serait-ce pas Ovide lui-même, exilé par l'empereur pour une raison que l'on ne connaît pas ?

Actéon était un jeune homme de haute naissance qui comptait plusieurs dieux parmi ses ancêtres. S'il connut un sort malheureux, il n'avait pourtant pas commis de crime : il fut seulement malchanceux.

Son passe-temps favori était la chasse, et les pentes des montagnes, dans sa Béotie natale, ruisselaient du sang des bêtes sauvages.

Un jour, vers midi, après une matinée bien remplie, Actéon s'adressa à ses compagnons : « Arrêtons-nous, mes amis ! Nos filets et nos épieux sont devenus rouges tant nous avons massacré de gibier. Demain, dès que l'Aurore montera sur son char pour ramener la lumière, nous reprendrons notre tâche. À présent le soleil est à la moitié de sa course et ses rayons sont si brûlants qu'ils crevassent la terre dans les champs. Laissons souffler nos chiens, ramassons nos filets et reposons-nous. »

Ses compagnons lui obéirent. Actéon s'éloigna et s'enfonça sous les arbres, marchant au hasard dans une forêt qu'il ne connaissait pas.

Non loin de là, dans une vallée ombragée par des pins et des cyprès, sous la voûte d'une grotte creusée dans la pierre tendre, s'arrondissait un bassin rempli d'eau transparente. C'était un lieu sacré : la déesse Diane avait l'habitude d'y prendre son bain pour se délasser des fatigues de la chasse.

Ce jour-là, comme à l'accoutumée, Diane s'approcha de la grotte, entourée par ses nymphes. À l'une d'elles elle confia ses armes, le javelot, le carquois, et son arc qu'elle avait pris soin de détendre. Une autre nymphe l'aida à enlever sa robe ; une troisième délaça ses sandales ; une quatrième retroussa ses cheveux en chignon. Diane alors entra dans le bassin. Cinq autres nymphes, tour à tour, puisèrent de l'eau dans leurs urnes pour la déverser sur le beau corps de la déesse. Juste à ce moment parut Actéon, guidé par un méchant destin.

À la vue d'un homme, les nymphes, surprises, poussèrent des cris si perçants que tous les bois en retentirent. Elles se groupèrent autour de la déesse pour lui faire un rempart de leurs corps ; mais Diane était plus grande qu'elles et les dépassait de la tête.

Diane regarda Actéon, rougit et regretta d'avoir posé ses flèches sur le gazon, loin d'elle. Elle prit ce qu'elle avait sous la main : de l'eau, qu'elle lança sur le visage du jeune homme, en disant : « Va maintenant, si tu le peux, raconter que tu as vu Diane au bain ! » Au fur et à mesure qu'elle parlait, une ramure poussait sur le front d'Actéon, son cou s'étirait, ses bras, ses jambes s'allongeaient, son corps se couvrait d'un pelage tacheté. Il était transformé en cerf et d'un cerf il avait pris le cœur craintif.

Il s'enfuit aussitôt, s'étonnant de courir si vite. Il comprit ce qu'il lui arrivait en apercevant dans un ruisseau sa face étrange ornée de bois. Il voulut parler, il ne put que gémir. Que devait-il faire ? Retourner chez son père ?... Quelle honte ! Rester dans la forêt ?... Quelle épouvante !

Il essayait de réfléchir, il hésitait, lorsque deux de ses chiens l'aperçurent et commencèrent à aboyer. Les autres se précipitèrent, Pamphagus de race arcadienne, le sauvage Théron, Ptérélas célèbre pour sa rapidité, Agré pour son flair, Napé qui est la fille d'un loup, Leucon au pelage de neige, Asbolus au poil sombre, Harpalos reconnaissable à une tache blanche sur son front noir, et tous les autres, en tout plus d'une trentaine, dont il serait trop long d'énumérer les noms.

L'air résonne des aboiements. La meute prend Actéon en chasse, emportée par un mouvement irrésistible, sautant rochers, fossés, éboulis, par les sentiers, hors des sentiers, sur les traces de sa proie. Sa proie, c'est Actéon, qui voudrait crier à ses chiens : « Écoutez-moi ! Je suis Actéon, votre maître ! », mais, hélas ! il ne le peut pas. Il fuit à travers ces bois où il aimait tant pourchasser le gibier, à présent pourchassé par ses propres chiens. Parviendra-t-il à leur échapper ?

Mais voici que bondit sur son dos la chienne Mélanchætès, qui a devancé les autres, en prenant un raccourci ; avec elle Théridamas, qui s'accroche à son épaule, le fait tomber, tandis que surgit la meute. Tous ensemble se jettent sur lui et enfoncent leurs crocs dans sa chair. Les gémissements d'Actéon remplissent la forêt : bien qu'ils ne ressemblent pas à ceux d'un animal, ils ne sont plus ceux d'un homme.

Là-dessus arrivent ses compagnons de chasse, excitant les chiens de la voix, comme ils le font d'ordinaire. L'absence d'Actéon les étonne ; ils regrettent qu'il ne soit pas là pour assister à la curée ; ils l'appellent : « Actéon ! Actéon ! »

Actéon est là, sous leurs yeux, et meurt sans qu'ils le reconnaissent.

On dit qu'à sa mort enfin s'apaisa la colère de Diane.

Que pensez-vous de la déesse ? La trouvez-vous trop cruelle ? Ou comprenez-vous sa sévérité envers celui qui, par sa présence, troubla la paix d'un lieu sacré ?

(Livre III)

4. La belle histoire de Pyrame et Thisbé

Comme dans Les Mille et Une Nuits, *l'histoire des filles de Minyas est interrompue par les récits que chacune d'elles fait tour à tour à ses sœurs, et nous ne serons fixés sur leur sort qu'à la fin du troisième récit.*

La première des jeunes filles conte les amours de Pyrame et Thisbé, qui seront populaires au Moyen Âge et à la Renaissance. Shakespeare s'en inspirera pour le dénouement de sa tragédie Roméo et Juliette, *et s'amusera à en faire une pièce comique, jouée par les artisans d'Athènes, dans* Le Songe d'une nuit d'été.

En ce temps-là un nouveau dieu, venu de l'Orient, parcourait la Béotie[1]. C'était le dieu du vin et de l'ivresse, Bacchus au visage d'enfant, au front couronné de lierre et de feuilles de vigne. Il avançait dans son char tiré par des lynx, au son de la flûte, des cymbales et des tambourins, dans les vapeurs de l'encens. La foule le suivait en dansant et, pour rejoindre sa suite, les femmes devaient abandonner leurs travaux et se vêtir de peaux de bêtes.

Mais certains parmi les Béotiens refusaient de croire en sa divinité. Dans la ville d'Orchomène, les trois filles du roi Minyas n'avaient pour lui que mépris. Elles s'étaient enfermées dans leur palais, sans écouter la rumeur encore lointaine du joyeux cortège.

Sous la protection de Minerve, la déesse experte en travaux domestiques, elles filaient la laine et s'affairaient avec leurs servantes devant le métier à tisser.

« Et si nous nous contions des histoires ? proposa l'une d'elles, qui étirait la laine en roulant le fil sous son pouce.

— Quelle bonne idée, ma sœur ! Commence donc. »

1. *16 Métamorphoses d'Ovide*, chap. 5, Bacchus, un dieu pas comme les autres, p. 51.

La jeune fille réfléchit ; elle avait entendu tant de beaux contes ! Elle se décida pour l'un d'eux qui n'était guère connu : l'histoire de Pyrame et Thisbé.

« Pyrame était un beau jeune homme, Thisbé une jeune fille charmante. Tous deux vivaient à Babylone, la ville aux puissantes murailles de briques. Ils demeuraient dans deux maisons voisines, dont les murs se touchaient. Ainsi lièrent-ils connaissance et bientôt ils tombèrent amoureux l'un de l'autre. Au fil du temps, leur amour grandit. Ils souhaitaient ardemment se marier, mais leurs pères s'y opposaient, leur interdisant même de se parler. Ils pouvaient seulement communiquer de loin, par des regards et par des gestes. Heureusement l'amour rend ingénieux : nos deux jeunes gens remarquèrent, dans le mur mitoyen qui séparait leurs maisons, une fissure : elle existait depuis longtemps et personne ne l'avait jamais vue. Par cette fissure, la nuit venue, à voix basse, ils pouvaient enfin échanger des propos amoureux. Si seulement ils avaient pu aussi échanger des baisers !

Un jour, ils n'y tinrent plus et prirent la résolution de s'enfuir. Dès qu'il ferait nuit, chacun de son côté quitterait sa maison et sortirait de la ville. Ils se donnèrent rendez-vous devant le tombeau de Ninus, roi de Babylone. À cet endroit, à côté d'une source fraîche, poussait un grand arbre, un mûrier

35

aux fruits blancs : ils pourraient se cacher sous son feuillage.

Ils attendent le soir avec impatience. Enfin le soleil plonge dans la mer et de ses eaux surgit la nuit.

Sans bruit, Thisbé a ouvert la porte, elle se faufile dehors. L'amour lui donne du courage, elle avance, le visage voilé, la voilà devant le tombeau. Elle s'assied sous le grand mûrier. Alors survient une lionne, la gueule barbouillée du sang d'un bœuf égorgé ; elle a soif et boit longuement à la source. Thisbé, morte de peur, court se réfugier dans une grotte. Dans sa précipitation, elle a laissé tomber son voile. Quand la lionne a fini de boire, elle aperçoit le voile, le saisit et le déchiquette dans sa mâchoire ensanglantée ; puis elle l'abandonne et retourne dans les bois.

Cependant Pyrame, à son tour, s'est enfui. Il arrive au lieu du rendez-vous. Il remarque sur le sol poussiéreux les traces laissées par le fauve ; il pâlit. Puis il découvre le voile sanglant. "Ah ! s'écrie-t-il, cette nuit va causer notre perte à tous deux ! Thisbé était plus digne de vivre que moi... Comme je me sens coupable ! C'est moi qui suis la cause de sa mort, moi qui l'ai envoyée dans ce lieu effroyable, moi qui n'y suis pas arrivé le premier. Je voudrais que les lions puissent déchirer mon corps... Mais c'est lâcheté que se livrer à des discours et seulement souhaiter la mort !"

Il prend le voile de Thisbé, le couvre de larmes, de baisers, saisit l'épée qu'il porte au côté, la plonge dans sa poitrine et l'en retire aussitôt. Il tombe, étendu sur le dos. Le sang jaillit de sa blessure, si haut qu'il éclabousse l'arbre, que ses fruits perdent leur blancheur : ils prennent une couleur rouge sombre, puis deviennent noirs.

Sur ces entrefaites Thisbé revient. Les lions l'effraient toujours autant, mais elle craint encore plus de manquer son rendez-vous. Du regard elle cherche Pyrame, impatiente de lui raconter ses mésaventures. Elle ne le trouve pas : c'est pourtant bien le lieu où ils devaient se rencontrer. Elle reconnaît l'arbre, mais s'étonne de la couleur de ses fruits. Elle se demande si elle ne s'est pas trompée. Alors elle aperçoit un corps qui tressaille sur le sol... Quelle horreur ! Il est baigné de sang... Mais c'est lui, celui qu'elle aime... Elle se griffe les bras, elle s'arrache les cheveux, elle enlace le corps adoré, se penche sur le visage froid, l'embrasse et crie : "Pyrame ! Pyrame ! C'est moi, moi, ta Thisbé... tu m'entends ?... Réponds-moi !"

Au son de sa voix, le jeune homme tourne vers elle ses yeux que la mort obscurcit et les referme aussitôt.

Thisbé a vu son voile et l'épée, elle comprend tout. "Moi aussi, j'aurai du courage, dit-elle. L'amour me donnera la force nécessaire pour me porter le coup fatal. Pyrame, je te suivrai ! La mort ne nous séparera pas. Écoutez-moi, vous qui serez accablés de douleur, vous, nos pères... Laissez ensemble ceux qu'un amour profond a réunis jusque dans la mort et préparez un seul tombeau pour nos deux corps. Quant à toi, bel arbre, garde à jamais la marque du sang répandu et que tes fruits restent couleur de deuil !"

Sur ces mots, Thisbé s'enfonce l'épée dans la poitrine.

Ses souhaits furent exaucés : elle et son ami reposent dans la même tombe et les fruits du mûrier sont noirs. »

(Livre IV)

5. Les amours du soleil

❋

Ce conte débute comme une comédie et s'achève en tragédie. Une fois de plus Ovide démontre la toute-puissance de l'amour, force universelle qui fait agir tous les êtres, les dieux, les hommes et même les plantes : l'héliotrope ne doit-elle pas son aspect et son nom à celui qu'elle aime : le Soleil – helios en grec ?

Quand la conteuse eut terminé l'histoire de Pyrame et Thisbé, il se fit un grand silence. Puis la deuxième fille du roi Minyas prit la parole.

« Je vous conterai, dit-elle, les amours du Soleil. Car ce dieu a beau dominer le monde, il a, lui aussi, été dominé par l'amour.

À quoi lui servent sa beauté, l'éclat de sa lumière ? Lui qui peut faire brûler l'univers brûle à son tour pour une femme. Lui dont les yeux doivent parcourir la terre n'a plus d'yeux que pour la seule Leucothoé. Il ne sait plus ce qu'il fait : il se lève plus tôt ou se couche plus tard que d'ordinaire, ou bien, perdu dans la contemplation de sa bien-aimée, il prolonge à tort les heures de l'hiver.

Parfois il laisse faiblir sa lumière, si bien que les hommes, pris d'épouvante, croient qu'il s'agit d'une éclipse : c'est seulement l'amour qui fait défaillir l'astre.

Le Soleil n'aime plus que Leucothoé. Il oublie toutes celles qu'il a aimées jadis. Il dédaigne Clytié qui ne vit que pour lui.

Leucothoé est née au pays des parfums. Sa mère était la plus belle des femmes ; en grandissant, Leucothoé est devenue encore plus belle. Son père règne sur les villes de Perse.

Un soir, la jeune fille travaillait dans sa chambre, en compagnie de ses douze servantes. À la lueur d'une lampe, elle étirait le fil de laine avant de l'enrouler sur le fuseau.

Ce soir-là, selon son habitude, le Soleil avait conduit ses chevaux dans leurs pâturages célestes. Ceux-ci avaient besoin de réparer leurs forces, après avoir tiré son char toute la journée. Ils ne se nourrissaient pas d'herbe, mais d'ambroisie, la boisson des dieux.

La nuit était venue. Le Soleil en profita pour pénétrer dans la chambre de sa bien-aimée. Il avait pris les traits de sa mère et, comme une mère, embrassait tendrement Leucothoé. "Laissez-nous ! dit-il aux servantes. J'ai un secret à confier à ma fille."

Les servantes obéirent. Dès qu'elles furent sorties, le dieu reprit son apparence.

"Je suis celui qui mesure la longueur des saisons, celui qui voit tout, grâce auquel la Terre voit tout. Je suis l'œil du monde et je t'aime."

Leucothoé, dans son effroi, laissa tomber son fuseau. Mais comme l'astre avait retrouvé son éclat, elle ne lui résista pas et lui rendit son amour.

Malheureusement Clytié s'en était aperçue, elle que le dieu avait autrefois tant aimée. Folle de jalousie, elle dénonça en des termes injurieux l'inconduite de Leucothoé à tous ceux qui voulaient l'entendre ; en particulier au roi son père.

Le roi se sentit déshonoré. Il se montra impitoyable. Il n'écouta pas les supplications de sa fille, qui tendait en vain les bras vers l'astre du jour. Il fit creuser un grand trou et l'enfouit profondément sous un énorme amas de terre.

Quand enfin le Soleil survint, de ses rayons il dispersa la terre pour découvrir le doux visage enseveli.

Hélas ! la jeune fille n'avait plus la force de soulever la tête, elle n'était plus qu'un corps inerte au fond de la tombe. Jamais le dieu n'avait contemplé rien de plus douloureux depuis la mort de son fils Phaéton[1]. En vain, sous la chaleur de ses rayons, essayait-il de rendre ce corps à la vie.

"Tu remonteras pourtant à la lumière", promit-il.

En effet, le corps de Leucothoé plongea des racines dans le sol, poussa et, de sa pointe, perça la terre, en répandant une odeur suave : il était devenu un plant d'encens.

Quant à Clytié, à jamais abandonnée par son cher Soleil, elle dépérit et s'abandonna à la mort. Mais elle continua à se tourner irrésistiblement vers l'astre, transformée en une plante à la tige pâle, à la timide fleur rouge : l'héliotrope. »

(Livre IV)

---

1. *16 Métamorphoses d'Ovide*, chap. 3, La course de Phaéton, p. 29.

6. Hermaphrodite

Nous apprenons dans cet extrait d'où vient le nom « hermaphrodite » – cet être qui possède à la fois des caractères masculins et féminins. Les sculpteurs de l'Antiquité l'ont souvent représenté, dans une pose alanguie, sous la forme d'un jeune homme à poitrine de femme.

La troisième des filles de Minyas entreprit à son tour de conter une histoire. Tout en passant sa navette entre les fils tendus sur le métier, elle hésitait entre plusieurs récits. Finalement elle choisit celui-ci, que ses sœurs ne connaissaient pas.

« Savez-vous pourquoi, mes sœurs, la source de Salmacis, en Carie, a mauvaise réputation ? On prétend que si vous vous baignez dans ses eaux, vous en sortez affaibli, tous vos membres devenus mous...

Il y a bien longtemps, un fils était né des amours de Mercure et de Vénus – Hermès et Aphrodite, en grec. Ses parents le nommèrent donc Hermaphrodite et le confièrent aux nymphes du mont Ida, qui l'élevèrent dans leurs grottes, non loin de la ville de Troie.

Quand il eut l'âge de quinze ans, il quitta son pays pour voyager sur les côtes de l'Asie Mineure. La joie de découvrir d'autres paysages, des fleuves inconnus, des villes nouvelles l'empêchait de sentir la fatigue.

Un jour, il s'approcha d'un étang dans lequel se déversait une source. L'eau en était si limpide qu'on pouvait voir jusqu'au fond. Pas de joncs des marais, pas de roseaux sur ses bords, mais un gazon fin, d'un vert lumineux.

Salmacis y demeurait. C'était une des rares nymphes qui n'appartenait pas à la suite de Diane. La chasse ne l'intéressait pas. Elle préférait se baigner longuement dans son étang, se regarder dans le miroir de l'eau, coiffer ses beaux cheveux, arranger les plis de son voile transparent et reposer sur une couche molle d'herbes et de feuilles. Souvent, elle cueillait des fleurs.

Elle était justement en train d'en cueillir quand arriva Hermaphrodite. Elle le vit et tomba aussitôt amoureuse de lui. Pourtant, avant de l'aborder, elle ajusta son voile, vérifia sa coiffure. Puis elle s'avança.

"Enfant, lui dit-elle, toi qui ressembles à Cupidon, dieu de l'amour, heureux sont tes parents ! Heureux ton frère, ta sœur et la nourrice qui t'a donné le sein ! Plus heureuse encore ta fiancée, si tu en as une ! Si tu n'en as pas, je voudrais être celle que tu prendras pour femme."

À ces mots, le jeune homme rougit – il ne savait pas ce qu'était l'amour – et sa rougeur l'embellissait encore. Comme la nymphe venait près de lui pour l'embrasser, il s'exclama : "Arrête ! Sinon je pars et je vous quitte pour toujours, toi et ton étang !"

Salmacis frémit. "Je te laisse la place, étranger !" répondit-elle. Elle fit semblant de s'éloigner et se cacha derrière un buisson.

Hermaphrodite se crut seul. Il s'approcha de l'étang, qu'agitait une brise légère, et mouilla la plante de ses pieds. Trouvant l'eau tiède, il retira ses vêtements, se donna du creux de la main quelques claques sur le corps, sauta à pieds joints et se mit à nager.

"Victoire ! Il est à moi !" s'écria Salmacis qui le guettait. Elle rejeta son voile et s'élança au milieu de l'étang. Elle saisit l'adolescent qui se débattait, se glissa sous lui, l'enveloppa de ses bras, de ses jambes, tantôt d'un côté, tantôt de l'autre. Lui, résistait du mieux qu'il pouvait ; mais elle resserra son étreinte. De tout son corps tendu dans la lutte elle l'enlaça étroitement.

"Tu as beau te débattre, méchant ! lui dit-elle, tu ne m'échapperas pas. Ô dieux ! faites que jamais il ne puisse se détacher de moi, ni moi de lui !"

Les dieux exaucèrent ce vœu. La nymphe et l'adolescent ne formèrent plus qu'un seul être, mi-homme, mi-femme, qui conserva le nom d'Hermaphrodite.

Cependant celui-ci, sentant qu'il avait perdu sa vigueur habituelle, s'adressa à ses parents d'une voix changée, plus légère qu'auparavant : "Ô mon père ! Ô ma mère ! accordez-moi cette grâce : que tout homme qui se baigne dans cet étang, comme moi, perde sa vigueur !"

Mercure et Vénus écoutèrent la prière de leur fils.

Voilà pourquoi l'eau de la source Salmacis a, sur ceux qui s'y plongent, un effet débilitant. »

Le récit terminé, les filles du roi Minyas s'activent de plus belle à leurs fuseaux, à leur métier. Soudain éclate à leurs oreilles le son des cymbales et des tambourins, qu'accompagne le chant de la flûte – pourtant elles ne voient aucun musicien. Partout se répand le parfum de la myrrhe et de l'encens. Comme par magie, la toile sur le métier verdit, se couvre de feuilles de lierre et de vigne, où brillent les grappes rouges du raisin. L'ombre du soir s'étend, des torches s'allument d'elles-mêmes et des fantômes de bêtes fauves poussent des hurlements. À travers la fumée qui emplit le palais, les trois sœurs courent se cacher, fuyant la lumière. Elles se sentent rapetisser, une membrane couvre leurs bras, comme une sorte d'aile sans plumes. Si elles essaient de parler, il ne sort de leur gosier que de petits cris aigus. Elles se réfugient sous les toits.

Parce qu'elles ont méprisé Bacchus, elles ne sont plus filles, mais chauves-souris.

(Livre IV)

7. Niobé

Comme en témoigne l'histoire des filles de Minyas, qui n'ont pas cru en Bacchus, il ne fait pas bon offenser les dieux. Le destin de Niobé, qui a défié Latone, en est une nouvelle illustration. Cette grande figure tragique, entourée de ses enfants, victimes innocentes, a inspiré les artistes grecs. Ovide a pu voir à Rome, dans le temple d'Apollon, des statues qui représentaient Niobé et ses enfants ; en particulier le groupe de la mère, enveloppant dans son voile la plus jeune de ses filles, la dernière. Aujourd'hui, le musée de Florence en possède une réplique.

Il ne fait pas bon offenser les dieux, comme l'a démontré l'histoire d'Arachné[1]. Cette fille d'un milieu modeste osa défier Minerve en personne : elle fut changée en araignée.

On ne parlait que de cela dans toute la Lydie. Avant son mariage, Niobé avait connu Arachné. Mais la punition infligée à cette dernière ne lui servit pas de leçon. Niobé était pétrie d'orgueil : elle n'admettait pas la puissance divine.

Il faut dire qu'elle avait bien des raisons d'être orgueilleuse. Ses ancêtres étaient des dieux, son beau-père, Jupiter lui-même. Son mari, Amphion, avait fait s'élever, au seul son de sa lyre, les murailles qui entouraient Thèbes. Tous deux régnaient dans cette ville de Béotie et leurs richesses étaient immenses. Mais ce qui inspirait à Niobé le plus de fierté, c'étaient ses enfants : sept fils et sept filles.

Voici qu'un jour, dans les rues de Thèbes, une prophétesse inspirée par les dieux se mit à clamer : « Femmes de Béotie, allez offrir des prières à Latone et à ses deux enfants ! Faites brûler de l'encens sur ses autels et couronnez-vous de laurier ! C'est la déesse qui vous l'ordonne par ma bouche. »

Latone est une divinité qui fut aimée de Jupiter. Enceinte de lui, elle chercha longtemps un endroit

---

1. *16 Métamorphoses d'Ovide*, chap. 8, Un concours de tapisserie : Pallas et Arachné, p. 85.

où pouvoir accoucher, Junon, par jalousie, ayant défendu à la terre entière d'accueillir la future mère. Celle-ci finit par trouver refuge sur l'île flottante de Délos et mit au monde deux enfants. Et quels enfants ! Diane, la chasseresse, et Apollon, le divin archer, au front toujours ceint de laurier.

Tandis que les femmes de Béotie obéissaient à la prophétesse, Niobé sortit de son palais, suivie par un nombreux cortège. Tous les regards se fixèrent sur elle. Belle et majestueuse, elle portait une robe tissée d'or et ses cheveux flottaient sur ses épaules.

Elle s'arrêta, posa les yeux sur ses sujets d'un air dédaigneux et s'écria :

« Pauvres gens ! Sottes femmes ! Quelle folie vous entraîne ? Pourquoi rendez-vous un culte à Latone plutôt qu'à moi ? J'ai des dieux pour ancêtres, je suis maîtresse de ce palais aux richesses fabuleuses. Avec mon époux je règne sur Thèbes et même les peuples d'Asie me redoutent. Ma beauté est celle d'une déesse. Ajoutez à cela ma famille nombreuse : mes fils et mes filles, et bientôt mes gendres et mes belles-filles... Telles sont les causes de mon orgueil. Comment osez-vous me préférer, à moi, cette divinité, à laquelle la terre entière a refusé un simple coin pour accoucher ? Latone, tu n'as trouvé asile que sur l'île de Délos. Et tu n'as eu que deux enfants – sept fois moins que moi ! Mon bonheur est grand et le demeurera : le destin n'osera pas s'attaquer à moi ! Et même si quelques-uns de mes enfants m'étaient enlevés, il m'en resterait toujours plus qu'à toi. Dites-moi, quelle différence y a-t-il entre celle-ci, qui n'a que deux enfants, et une femme qui n'en a pas ? Aucune ! Alors arrêtez vos cérémonies, éloignez-vous des autels et retirez-moi ces lauriers de vos chevelures ! »

Les Béotiennes obéirent, tout en continuant, à voix basse, à réciter des prières à la déesse.

Cependant Latone indignée appela ses enfants.

« Sachez que moi, qui suis si fière d'être votre mère, moi, qui peux rivaliser avec n'importe quelle déesse – à part Junon –, je suis en proie à la calomnie ! On ose mettre en doute ma divinité ! Si vous ne venez pas à mon secours, on me chassera des autels où, depuis des siècles, est célébré mon culte. L'insolente a joint au sacrilège l'insulte. Elle vous a placés au-dessous de ses propres rejetons, elle m'a traitée de femme sans enfants ! Qu'elle soit prise au mot et le devienne elle-même ! »

Latone allait poursuivre ses récriminations quand Apollon l'interrompit : « Arrête ! C'est retarder le châtiment du coupable que de se plaindre trop longtemps. » Diane en dit autant, et bientôt le frère et la sœur se laissèrent tomber du ciel et, cachés par un nuage, se posèrent sur la terrasse la plus haute de la ville.

Au pied des remparts de Thèbes s'étendait une vaste plaine, foulée par les roues des chars et par d'innombrables sabots. Les chevaux portaient sur le dos des housses de couleur pourpre et leurs rênes étaient brodées d'or. Plusieurs des fils de Niobé faisaient évoluer leur monture sur ce terrain. L'aîné, Isménus, suivait la courbe de la piste en galopant sur son cheval, dont la bouche écumait sous le mors, quand il reçut une flèche en pleine poitrine. « Malheur à moi ! » cria-t-il. Les rênes s'échappèrent de sa main, il glissa doucement sur le côté. Tout près, Sipylus, entendant le bruit d'un carquois dans les airs, commença à lâcher la bride pour s'enfuir ; mais dans sa fuite le trait inévitable le rattrapa et vint se ficher dans son cou. Il roula en avant le long des jambes de l'animal et souilla le sol de son sang. Non loin de là, Phædimius et Tantalus, le corps imprégné d'huile, luttaient, étroitement enlacés, poitrine contre poitrine : une seule flèche les transperça tous les deux. Ensemble ils poussèrent un gémissement, se tordirent de douleur et tombèrent, ensemble ils regardèrent une dernière fois ce qui se trouvait autour d'eux, avant d'exhaler leur dernier soupir. À cette vue, Alphénor accourut pour les embrasser. Il soulevait leurs membres déjà froids lorsque Apollon l'atteignit : le fer entra jusqu'au fond de son cœur, arrachant les poumons. Quant à

Damasichthon, c'était encore un enfant dont on n'avait pas coupé les cheveux. Frappé à l'aine, il essayait de retirer la pointe barbelée lorsqu'il reçut une deuxième flèche dans la gorge. Le sang jaillit haut dans les airs. Ilioneus, le dernier fils, avait levé vers le ciel des bras suppliants : « Ô dieux ! Vous, tous les dieux ! Laissez-moi vivre ! Ne me tuez pas ! » Apollon fut ému. Il aurait voulu retenir son trait, mais celui-ci était déjà parti. L'enfant mourut d'une blessure légère.

En apprenant la mort de ses fils, Amphion enfonça son épée dans sa poitrine, mettant fin à la fois à sa vie et à sa douleur.

Niobé, elle, demeurait stupéfaite de la toute-puissance des dieux. Elle qui, autrefois, marchait la tête haute dans les rues de la ville, faisant des envieux, était devenue objet de pitié, même aux yeux de ses ennemis. Elle embrassa une dernière fois les cadavres de ses enfants, puis s'arracha à eux et s'écria : « Latone ! Cruelle Latone, es-tu satisfaite ? Repais-toi de ma douleur... En conduisant les cortèges funèbres de mes fils, c'est moi que l'on conduira au bûcher ! Triomphe, impitoyable déesse, réjouis-toi de ta victoire... Mais est-ce bien une victoire ? Dans le deuil, je possède encore plus que toi dans le bonheur. Après tant de morts, c'est encore moi qui l'emporte ! »

À peine avait-elle fini de parler qu'un bruit sec retentit : celui que produit la corde de l'arc lorsqu'elle se détend, une fois la flèche envolée. Tous ceux qui l'entendirent frissonnèrent de terreur. Sauf Niobé. Le malheur lui donnait plus d'audace.

Devant les lits où gisaient les cadavres de ses fils se tenaient ses filles, toutes vêtues de noir, les cheveux dénoués.

La première mourut en retirant le trait fiché dans son ventre et tomba, le visage sur le corps de son frère. La deuxième s'efforçait de consoler sa mère ; elle se tut tout à coup, pliée en deux par une invisible blessure. Les autres, en proie à l'épouvante, tentèrent de fuir, de se cacher ; elles furent toutes atteintes par les flèches mortelles. Il ne restait que la septième, la plus jeune. Sa mère la tenait serrée contre elle, la couvrant de son corps, l'enveloppant dans son voile. Elle cria : « Laisse-m'en une, la plus petite ! De toutes, je ne demande que celle-là, laisse-la-moi ! » Tandis qu'elle suppliait ainsi, l'enfant succomba à son tour.

Niobé s'assit au milieu des cadavres. Elle n'avait plus de famille ; fils, filles, époux, tous avaient péri. Elle ne respirait plus. Le visage décoloré, les yeux fixes, le malheur l'avait rendue insensible. Elle ne pouvait plus ni parler, ni marcher, ni faire un mouvement. Jusqu'au fond des entrailles, devenue pierre, elle pleurait cependant.

Un vent violent la transporta dans sa patrie, la Lydie.

C'est là que Niobé se trouve aujourd'hui, au sommet d'une montagne, et la roche ruisselle de larmes.

(Livre VI)

8. Latone et les paysans de Lycie

Cette fois, ce n'est pas Ovide qui prend la parole ; mais un premier conteur, connaissant les lieux où s'est déroulée la scène, passe le relais à un second conteur, qui achève le récit. Procédé narratif fréquemment repris pas les nouvellistes, en particulier ceux du XIXe siècle, tel Maupassant. Quant à la métamorphose subie par les paysans, elle a été illustrée par les sculptures du bassin de Latone, dans les jardins du château de Versailles, au temps de Louis XIV : c'est dire le rayonnement d'Ovide auprès des écrivains et des artistes de toutes les époques !

Tous ceux qui apprirent la tragique histoire de Niobé redoublèrent de piété envers Latone et ses enfants, dont ils redoutaient la puissance.

Quelqu'un alors se souvint qu'il était arrivé un événement semblable autrefois, en Lycie. On l'avait oublié car il s'agissait non d'une princesse de haut rang comme Niobé, mais de simples paysans.

« Moi qui vous parle, ajouta le conteur, j'ai de mes propres yeux vu les lieux où cela s'est passé. Mon père m'avait chargé de ramener des bœufs de cette région de pâturages et m'avait donné pour guide un homme du pays. Comme nous approchions d'un étang, nous vîmes au milieu de l'eau un autel, entouré de roseaux tremblants ; il semblait vieux et noirci par la fumée des sacrifices. Mon guide s'arrêta aussitôt et murmura d'une voix apeurée : "Sois-nous favorable." Je répétai après lui : "Sois-nous favorable", et je lui demandai si l'endroit était consacré aux nymphes ou à un dieu de la région.

"Non, répondit mon guide. C'est l'autel de Latone, la déesse aimée de Jupiter, qui fut jadis chassée de la terre entière par la jalouse Junon. Elle ne savait où s'arrêter pour accoucher. Seule l'île flottante de Délos eut pitié d'elle. Là, arc-boutée contre un palmier – certains disent un olivier –, Latone donna naissance à des jumeaux. Puis elle prit ses enfants dans ses bras et s'enfuit pour échapper à la colère de Junon. Elle arriva en Lycie, sous un soleil brûlant, épuisée, hors d'haleine, ses bébés accrochés à ses seins plats : ils avaient bu jusqu'à la dernière goutte de son lait.

Elle aperçut cet étang. Des hommes étaient en train d'y cueillir de l'osier, qui foisonne dans les marais. Elle s'approcha et s'agenouillait pour boire lorsque les paysans l'en empêchèrent.

— Pourquoi me défendez-vous de prendre de l'eau ? s'écria-t-elle. Comme la lumière, comme l'air, l'eau appartient à tout le monde ! La nature nous l'offre généreusement. Mais regardez, je viens vers vous en suppliante vous demander la permission d'en puiser un peu. Ce n'est pas pour me laver, c'est seulement pour étancher ma soif. Ma gorge est desséchée, ma voix, enrouée, je ne peux presque plus parler : une gorgée me rendrait la vie ! Ayez pitié aussi de ces enfants que je porte, voyez comme ils vous tendent leurs petits bras !

Et justement, par hasard, les bébés en s'agitant tendaient les bras.

Mais les paysans ne se laissèrent pas attendrir. Ils refusèrent obstinément à la déesse la permission de boire. Ils la menacèrent même, en l'insultant : il lui arriverait malheur si elle ne s'en allait pas. Et par surcroît de méchanceté, pour être sûrs qu'elle ne pût se désaltérer, ils piétinèrent le fond de l'étang ; l'eau devint trouble et pleine de boue.

Latone renonça à supplier ces êtres inhumains. Elle ne s'abaisserait pas davantage. Et, levant les mains vers le ciel, elle prononça ces mots :

— Puissiez-vous à jamais y rester, dans votre étang !

Le ciel exauça ses paroles. Les paysans restèrent dans leur étang.

Ils y sont toujours. Ce qu'ils aiment par-dessus tout, c'est vivre dans l'eau, s'y baigner le corps entier, ou en sortir juste la tête, ou nager à la surface, ou se poser sur la rive, pour bondir à nouveau dedans jusque dans la vase du fond.

Ils ont gardé leur méchant caractère, se disputent à qui mieux mieux en échangeant des insultes, la voix rauque, le cou gonflé et la bouche grande ouverte.

Courts sur pattes, sautillant, leur dos vert touchant leur tête, enflant leur gros ventre blanc, ce ne sont plus des paysans. Ce sont des grenouilles." »

(Livre VI)

9. Naissance des Myrmidons

Dans les trois extraits qui vont suivre, nous rencontrerons le même personnage, Minos, roi de Crète ; il ne sera pas forcément au premier plan, mais il jouera toujours un rôle dans le récit et servira de lien entre les trois textes – façon pour Ovide de soutenir l'attention du lecteur.

Un autre intérêt de ce texte, c'est la manière dont l'auteur a su brosser à grands traits le tableau d'une épidémie dont est victime un peuple entier.

En ce temps-là, la guerre se préparait entre les Athéniens et les Crétois. Minos, le puissant roi de Crète, le chef des cent peuples, cherchait des alliés pour venger son fils que les Athéniens avaient injustement tué. À la tête de sa flotte, la plus rapide du monde, il parcourait les îles des Cyclades. Il avait obtenu l'aide de nombreux royaumes quand il aborda l'île d'Égine où régnait le vieil Éaque.

Éaque était le fils de Jupiter et d'Égina ; il avait donné le nom de sa mère à son pays. Il reçut Minos dans son palais, en haut de la ville, avec tous les honneurs dus à son rang. Mais il refusa de lui accorder son aide, car il était, depuis longtemps, l'allié fidèle des Athéniens.

« Cette fidélité te coûtera cher ! » murmura Minos en s'éloignant tristement. Il préféra menacer le vieillard plutôt que de lui livrer un combat inutile : en cela il montra sa sagesse.

À peine la flotte de Minos s'était-elle éloignée des remparts de la ville qu'apparaissait un vaisseau athénien, toutes voiles dehors. Céphale, l'envoyé des Grecs, en descendit. Les trois fils d'Éaque vinrent à sa rencontre ; bien qu'ils ne l'aient pas vu depuis plusieurs années, ils le reconnurent à sa taille imposante et à la beauté de ses traits. Céphale, en signe de paix, tenait à la main un rameau d'olivier. Dès qu'il eut précisé l'objet de sa demande, le vieil Éaque s'écria : « Inutile d'en dire plus ! Prends tout ce qu'il te faut ! Grâce au ciel, nous ne manquons pas de soldats. Emmène-les combattre tes ennemis.

— Que ton pays et toi-même connaissiez toujours bonheur et richesse ! répondit Céphale. En arrivant, j'ai admiré toute la belle jeunesse qui venait à ma rencontre... Ils étaient en grand nombre et semblaient tous avoir le même âge... Mais dis-moi... Que sont devenus ceux que j'avais vus lors de ma première visite dans ton île ? J'ai cherché en vain leurs visages. »

Éaque soupira :

« Hélas ! Ceux-là, dont se souvient ton cœur fidèle, ceux-là ne sont plus que cendres et poussière... Encore s'ils étaient les seuls...

Mais je voudrais te conter dans l'ordre nos malheurs...

Parce que notre île porte le nom d'une rivale, ma mère Égina, Junon nous a poursuivis de sa haine. Une terrible épidémie s'est abattue sur le pays.

Au commencement, un brouillard épais noya la terre, dans une chaleur épouvantable. Le souffle brûlant du vent nous ôtait tout courage. Des serpents erraient par milliers dans les champs abandonnés et souillaient de leur venin l'eau des lacs et des fontaines. À leur tour furent contaminés les animaux domestiques et les bêtes sauvages : les bœufs tombaient en traçant leur sillon, les moutons perdaient leur laine et les chevaux les plus ardents à la course gémissaient devant leur mangeoire. Les biches cessaient de fuir, les sangliers d'attaquer.

Partout, dans la campagne, gisaient des charognes décomposées et – chose étonnante – ni les vautours ni les loups n'osaient s'en repaître. La contagion se propageait chez les malheureux paysans et dans les murs de notre ville.

La maladie se manifeste d'abord par des douleurs dans les entrailles et des rougeurs sur la peau. La langue enfle, devient rugueuse, l'haleine empeste. Le malade ne supporte plus son lit, ni le moindre vêtement ; il se couche sur le sol qui brûle à son contact. Personne n'est parvenu à maîtriser l'épidémie. Les médecins succombent au mal en essayant de le combattre.

Lorsqu'on voit la mort à sa porte, on se laisse aller à ses instincts. Oubliant toute pudeur, pris d'une soif dévorante, les malades nus assiègent les puits, les sources, les rivières. Comme ils meurent en buvant, leurs cadavres pourrissent dans l'eau ; pourtant il se trouve toujours quelqu'un pour se désaltérer à cette eau-là. Leur maison leur fait horreur, ils s'égarent dans les rues ou s'affalent par terre, tendant en vain leurs bras vers le ciel insensible.

Et moi, moi, dans cette catastrophe, je n'ai plus qu'une envie : cesser de vivre et partager le sort de mon peuple.

Tu vois en face de nous, sur la colline, en haut de ces marches, un temple ? C'est celui de Jupiter. Que de fois un époux, un père, venant prier pour ceux qu'il aime, est tombé devant l'autel d'un dieu sourd à ses prières ! Que de fois les bêtes amenées devant le prêtre ont succombé avant qu'on les égorge ! Moi-même, un jour que j'offrais un sacrifice à Jupiter, pour ma patrie, pour moi-même et pour mes trois fils, j'entendis la victime pousser un effroyable mugissement ; elle s'effondra sans même avoir reçu un coup. Des mourants encombraient les marches du temple ; certains, pleins d'épouvante, devançaient leur mort en s'étranglant avec un lacet.

Dans la ville, les cadavres étaient si nombreux qu'on ne pouvait tous les accompagner au tombeau, en suivant le cortège funèbre traditionnel. On n'avait plus aucun respect. On entassait les corps sur le sol ou bien, sans les offrandes rituelles, on les jetait sur de grands bûchers. On se battait pour les y porter. On oubliait de les pleurer. Bientôt la place manqua pour les tombes et le bois pour les bûchers. Et les âmes des morts abandonnées continuent à errer dans l'espace.

Moi, dans cette horreur, je m'adressai à Jupiter : "Ô dieu ! Père tout-puissant ! S'il est vrai que tu as un jour aimé ma mère, si tu n'as pas honte de me reconnaître pour ton fils, rends-moi mon peuple ! Ou bien laisse-moi mourir !"

Un éclair et un coup de tonnerre me prouvèrent que le dieu m'avait entendu.

Tout près de là s'élevait un grand chêne au feuillage touffu, semblable aux chênes sacrés qui entourent le sanctuaire de Jupiter à Dodone. Je remarquai une longue file de fourmis qui circulaient sur son tronc. Elles transportaient des grains énormes et je m'étonnai de leur nombre. "Père bienveillant, donne-moi autant de citoyens que ces fourmis pour remplir, derrière ses remparts, ma ville déserte !"

À peine avais-je prononcé ces paroles que l'arbre tout entier frémit et son feuillage se mit à bruire ; pourtant il n'y avait pas un souffle d'air. Je frissonnai de peur. En même temps un espoir fou s'emparait de moi et je baisai la terre et le tronc du chêne.

La nuit venue, accablé de fatigue, je m'endormis d'un sommeil lourd et je rêvai. J'étais devant le même chêne et les mêmes insectes. L'arbre frémissait à nouveau et d'innombrables porteuses de grains fourmillaient à son pied. Elles grossissaient, grandissaient, se redressaient, perdaient leurs pattes et leur couleur noire, revêtaient une forme humaine. Alors je me réveillai. Hélas ! ce n'était qu'un rêve ! Il ne fallait vraiment attendre aucun secours des dieux !

Mais le palais se remplissait de rumeurs et je crus distinguer des voix humaines. J'en avais perdu l'habitude et je pensais être encore plongé dans un songe lorsque Télamon, mon fils aîné, entra brusquement dans ma chambre. "Viens vite, père, tu verras un spectacle qui dépasse tout ce que l'on peut attendre !"

Je sors et je vois devant moi des rangées d'hommes, semblables à ceux de mon rêve. Ils s'approchent et me saluent comme leur roi. J'offre aussitôt un sacrifice à Jupiter et je distribue à mes nouveaux sujets les maisons dans la ville, les champs dans la campagne.

Ils ont conservé les mœurs d'autrefois : durs au travail, sobres, économes. Ils seront pour toi de bons soldats et te suivront dès que les vents te seront favorables. Et pour qu'on n'oublie pas leur origine, je les ai nommés Myrmidons – ce qui, en grec, signifie "fourmis". »

(Livre VII)

10. LE CHEVEU DE NISUS

Le récit commence comme dans de nombreux contes folkloriques : il était une fois un roi qui avait dans sa chevelure un cheveu magique... Que va faire de ce cheveu la fille du roi, follement amoureuse de son ennemi ? Ovide connaît bien les ravages causés par la passion et les fausses raisons que l'on se donne pour commettre l'irréparable.

La guerre entre les Athéniens et les Crétois se poursuivait.
Pendant que les vaisseaux chargés de Myrmidons, poussés par un vent favorable, gagnaient la côte pour se mettre au service de la Grèce, Minos,

le roi de Crète, assiégeait la ville de Mégare, alliée des Athéniens.

La ville avait pour roi Nisus, un vieillard respectable. Il possédait une particularité : au milieu de sa chevelure blanche était planté un cheveu de pourpre auquel son destin était attaché. S'il lui était ôté, Nisus perdait aussitôt son pouvoir et sa vie.

Six mois s'étaient écoulés et le sort de la guerre demeurait incertain. Scylla, la fille de Nisus, avait l'habitude de monter sur les remparts. Ceux-ci étaient construits de blocs de pierre sonores ; on disait qu'Apollon, le dieu archer et musicien, y avait un jour posé sa lyre ; depuis, les murs émettaient des sons harmonieux quand on les frappait avec de petits cailloux. Ce que Scylla s'était souvent amusée à faire. À présent, elle aimait aussi observer les combats qui se déroulaient sous ses yeux. Et comme la guerre traînait en longueur, elle avait appris à connaître les noms des chefs ennemis, leurs armes, leurs montures, leur allure. Parmi eux, elle avait remarqué celui qui les commandait tous, Minos, le roi de Crète.

S'il cachait sa tête sous un casque de bronze à plumes, elle le trouvait beau ainsi casqué. S'il se couvrait d'un bouclier d'or brillant, il avait, disait-elle, bien raison de se protéger. Si, l'avant-bras collé au corps, il lançait avec force un javelot, il faisait preuve à la fois d'adresse et de vigueur. Et quand il assurait sa flèche de roseau sur la corde de son arc, c'était Apollon en personne. Mais lorsqu'il enlevait son casque et qu'il apparaissait, tête nue, vêtu de pourpre, en train de diriger son cheval blanc, la fille de Nisus en perdait la raison.

« Heureux le javelot, s'écriait-elle, heureuses les rênes que sa main touche ! » Et elle rêvait, elle, une jeune fille, de se rendre à l'armée ennemie, ou de se jeter du haut des remparts, ou d'ouvrir en grand les portes de la ville... Bref, de servir aveuglément Minos. Assise en haut des murs, elle se perdait dans la contemplation des tentes blanches des Crétois, alignées dans la plaine. « Dois-je me réjouir, dois-je m'attrister de cette malheureuse guerre ? Hélas ! Minos est mon ennemi et je l'aime... Mais sans cette guerre, je ne le connaîtrais pas... Si seulement je pouvais voler jusqu'à lui et lui avouer mon amour, je pourrais savoir quelle dot il exige de moi, pour que je devienne sa compagne – à condition qu'il ne me demande pas de trahir ma patrie... Il est vrai que souvent la défaite est préférable à la lutte, quand le vainqueur est bienveillant... D'ailleurs le combat qu'il poursuit est légitime, puisqu'il s'agit pour lui de venger son fils... Et ses forces armées sont grandes... De toute façon, nous serons vaincus. Pourquoi les murs de la ville lui seraient-ils ouverts par Mars, le dieu de la guerre qui le protège, plutôt que par moi ? S'il entre dans la ville sans difficulté, sans retard, sans massacre... sans risquer de verser son propre sang ni celui des siens, il se montrera d'autant plus indulgent. Et je cesserai de craindre qu'à tout moment un quelconque soldat lui perce la poitrine... »

Voilà, c'est décidé : Scylla est prête à se livrer au roi de Crète, à lui apporter pour dot sa patrie, à mettre fin à la guerre. Mais comment faire ?

Des sentinelles gardent les entrées de la ville, les portes sont verrouillées. Son père y veille. Son père ! Le seul obstacle à ses désirs !

« Si seulement je n'avais pas de père ! pense-t-elle. Une autre, à ma place, aurait déjà surmonté toutes les difficultés pour réaliser sa passion. Pourquoi pas moi ? Serais-je lâche ?... Non, j'aurais le courage de passer à travers les épées et les flammes... Mais qu'est-ce que je dis ? Il ne s'agit ni d'épées ni de flammes, mais d'un simple cheveu... Un cheveu, à mes yeux, plus précieux que l'or... »

La nuit survient et avec elle augmente l'audace de Scylla. Sans bruit elle entre dans la chambre de son père, plongé dans son premier sommeil, le plus profond. Elle arrache le cheveu rouge, l'emporte en hâte, franchit la porte de la ville, traverse le camp ennemi et parvient auprès de Minos.

« L'amour m'a obligée à commettre un crime ! Moi, Scylla, fille de Nisus, je te livre ma patrie et ses dieux. Je ne te demande qu'une seule chose en récompense : demeurer près de toi. Prends comme gage d'amour ce cheveu de pourpre... Ce n'est pas un simple cheveu, c'est la tête de mon père ! »

Devant cet épouvantable présent, Minos recule avec horreur. « Tu es la honte de notre siècle ! Que les dieux te poursuivent, que la terre et la mer te soient interdites ! Moi, je n'accepterai jamais que le sol de la Crète, mon pays, soit souillé par un monstre tel que toi ! »

Dès que Minos eut réglé, le plus justement possible, le sort des habitants de Mégare, il ordonna de mettre à flot ses bateaux. Scylla, après l'avoir prié en vain de l'emmener, entra dans une violente colère.

« Où fuis-tu ? Pourquoi oublies-tu ta bienfaitrice, celle qui t'a préféré à sa patrie, à son père ? Tu le sais pourtant, tout mon espoir repose sur toi ! Où irai-je si tu m'abandonnes ? Ma trahison m'a fermé mon pays, mes concitoyens me haïssent, la terre entière me repousse... Seule la Crète pourrait m'accueillir... Mais non, tu as le cœur d'un tigre !... Punis-moi donc, Nisus, mon père... Réjouissez-vous, murailles que j'ai livrées à l'ennemi ! J'ai bien mérité mes malheurs... Et toi qui as vaincu grâce à mon crime... Mais entends-tu seulement ce que je dis ?... Non, non, tu fuis sur tes vaisseaux et l'eau résonne sous les coups redoublés des rames... À tes yeux, mon pays recule à l'horizon... Et moi... Ne crois pas que tu m'oublieras... Malgré toi, je te suivrai... Accrochée à ta poupe, je me laisserai traîner dans la mer ! »

Joignant le geste à la parole, Scylla se cramponne au bateau crétois. À ce moment son père l'aperçoit – Nisus transformé en aigle des mers. Il fonce sur elle, prêt à la déchirer de son bec recourbé.

Elle lâche le navire, épouvantée, mais elle ne tombe pas à l'eau. Métamorphosée en aigrette, elle fuit, légère, dans les airs.

(Livre VIII)

11. Dédale et Icare

Dédale est non seulement un sculpteur et un architecte, c'est aussi un inventeur de génie. Il réalise ce qui a toujours été un vieux rêve de l'homme : voler ! Mais il est difficile de maîtriser l'espace, surtout quand on est un jeune garçon comme Icare. Ce qu'il va vivre, Phaéton, le fils du Soleil, l'avait déjà vécu[1] : Ovide ainsi met en garde les jeunes gens inexpérimentés et trop sûrs d'eux qui veulent se lancer dans l'aventure.

---

1. *16 Métamorphoses d'Ovide*, chap. 3, La course de Phaéton, p. 29.

75

Comme le siège de Mégare était heureusement terminé, Minos retourna dans son pays. Dès qu'il eut quitté son vaisseau et posé le pied sur le sol de la Crète, il offrit cent taureaux en sacrifice à Jupiter pour le remercier de sa victoire. Puis il accrocha aux murs de son palais les dépouilles de ses ennemis.

Mais, en son absence, le Minotaure avait grandi. C'était la honte de sa famille, un être monstrueux au corps d'homme surmonté d'une tête d'animal, né d'une femme et d'un taureau. Il se nourrissait de chair humaine et Minos résolut de l'enfermer dans un lieu d'où il ne pourrait pas s'échapper.

Il fit appel à Dédale, un Athénien célèbre pour son talent de sculpteur et d'architecte. Dédale construisit le Labyrinthe, une demeure aux couloirs infinis, si bien enchevêtrés qu'il était quasi impossible d'en sortir une fois qu'on y avait pénétré. Dédale lui-même, après l'avoir achevé, avait failli ne pas retrouver la sortie.

Par la suite un autre Grec, Thésée, parvint jusqu'au Minotaure et le tua, débarrassant la terre de ce monstre. Il réussit ensuite à s'évader, grâce à la complicité d'Ariane, la fille de Minos, et il s'enfuit avec elle.

Mais Dédale, lui, demeura prisonnier car Minos l'empêchait de partir.

L'Athénien souffrait de son exil en Crète, il voulait retourner dans son pays natal. Les routes de la terre et de la mer lui étaient interdites. « Reste le ciel, pensa Dédale. C'est le chemin que je prendrai avec mon fils Icare. Minos peut bien être le maître de toutes choses, il n'est pas le maître de l'air ! »

Dédale se prépare donc à exercer un art inconnu des hommes : l'art de voler. Il cherche, il trouve. Il dispose des plumes dans un ordre régulier ; il commence par la plus petite, une plus courte avant une plus longue, comme s'il s'agissait des tuyaux inégaux d'une flûte champêtre. Ensuite il attache les plumes du milieu avec du lin, celles des extrémités avec de la cire et il les courbe légèrement pour imiter les ailes des oiseaux.

Le jeune Icare s'amuse à ses côtés. Il sourit en maniant les plumes, les saisit au vol quand le vent les soulève, amollit la cire dans ses doigts – sans se douter qu'il touche à ce qui causera sa perte – et ses jeux gênent son père dans son travail.

Enfin Dédale a terminé son ouvrage. Il se place entre ses deux ailes, parvient à équilibrer son corps et se balance dans les airs. Puis il s'adresse à son fils et lui donne des conseils.

« Quand tu voleras, Icare, tiens-toi au milieu du ciel. Si tu descends trop bas, l'eau alourdira tes plumes, si tu montes trop haut, le soleil les brûlera. Méfie-toi des constellations : ne t'approche ni du

Bouvier au nord, ni d'Orion au sud. Suis-moi ! Que je sois ton seul guide ! »

Dédale ajuste deux ailes aux épaules du jeune garçon et lui montre comment s'en servir pour voler. Tandis qu'il s'occupe de son fils, ses yeux se remplissent de larmes et ses mains tremblent.

Il l'embrasse, puis s'élance le premier. Il encourage Icare à le suivre et, plein d'inquiétude, tout en agitant ses ailes, garde l'œil fixé sur l'enfant derrière lui.

Cependant, sur la terre, un pêcheur piégeant les poissons avec un roseau, un berger appuyé sur son bâton, un paysan en train de labourer aperçoivent l'architecte et son fils dans le ciel et, stupéfaits, les prennent pour des dieux.

Déjà, sur leur gauche, Dédale et Icare ont dépassé Délos et Paros et s'approchent de Samos ; sur leur droite se trouvent Lébinthos et Calymné, l'île aux innombrables ruches.

Soudain Icare, tout à la joie de voler, abandonne son guide et s'élève, seul, vers les hauteurs du ciel.

La chaleur du soleil fait fondre la cire qui fixe ses plumes. Icare perd ses ailes. Il agite en vain ses bras nus. Il ne trouve plus d'appui dans l'air et sa bouche crie encore le nom de son père, quand l'eau d'azur l'engloutit.

« Icare ! Icare ! Où es-tu ? Où me faut-il te chercher ? » appelle le père désolé. « Icare ! Icare ! » répète-t-il en voyant des plumes sur la mer.

Il maudit son invention et recueille le corps de son fils, qu'il enferme dans un tombeau.

Et la terre qui l'ensevelit porte le nom d'Icaria.

(Livre VIII)

12. La corne d'abondance

Dans l'Antiquité, les fleuves sont représentés comme des vieillards en robe verte, le front ceint d'une couronne de roseaux et orné de deux cornes. Celles-ci symbolisent la fécondité que les eaux du fleuve apportent à la terre.

Un autre intérêt de ce texte est de montrer comment se déroulait un banquet chez les Romains et de mettre en scène deux héros bien connus des lecteurs : Thésée et surtout Hercule, lequel n'hésite pas à se vanter de sa force et des travaux qu'il a su mener à bien.

Après avoir accompli de nombreux exploits, Thésée s'en revenait à Athènes avec un groupe d'amis, parmi lesquels Pirithoüs, son compagnon fidèle, et Lélex, un Grec plus âgé et plus mûr. Bientôt ils rencontrèrent le fleuve Achéloüs. Gonflé par les pluies, celui-ci leur coupait la route.

« Entre dans ma demeure, illustre Athénien, proposa le fleuve à Thésée. Tu courrais de grands risques si tu affrontais mes eaux. Elles emportent tout, des arbres entiers, des rocs, des étables avec leurs troupeaux, et même parfois de jeunes hommes, quand les neiges fondues s'écoulent des montagnes. Il vaut mieux pour toi attendre tranquillement ici que mes eaux baissent et reprennent, entre leurs rives, leur cours habituel. Viens. Ta présence m'honorerait. »

Thésée accepta l'invitation. Il entra dans une cour intérieure, un atrium construit de pierres ponces percées de milliers de trous et de blocs de calcaire grossiers. Un tapis moelleux de mousse couvrait le sol humide et le plafond était décoré par des caissons faits de coquillages alternés.

Le soleil était déjà aux deux tiers de sa course lorsque Thésée et ses amis se couchèrent sur les lits préparés tout autour. Aussitôt des nymphes aux pieds nus disposèrent des plats sur les tables placées devant eux, puis des coupes de pierres précieuses remplies de vin, lorsque les convives eurent fini de manger.

La conversation était animée entre les Grecs et leur hôte. Ils en vinrent à discuter de la toute-puissance des dieux et, comme Pirithoüs doutait de celle-ci et se moquait de la crédulité de ses compagnons, Lélex intervint.

« Tu as tort, lui dit-il. Et pour te le prouver, je vais te conter l'histoire de Philémon et de Baucis[1]. Ces vieilles gens ont su, malgré leur pauvreté, pratiquer l'hospitalité. Deux dieux qui voyageaient incognito étaient venus frapper à leur porte ; aussi nos bons vieux ont-ils été récompensés par Jupiter et par Mercure et, réalisant leur désir, se sont transformés en deux arbres entrelacés. Ces arbres existent, on me les a montrés. J'ai touché les guirlandes qu'on suspend à leurs branches pour les honorer et j'en ai suspendu à mon tour. »

Achéloüs prit ensuite la parole pour citer les prodiges accomplis par les dieux.

« Certains êtres sont métamorphosés une seule fois, d'autres passent par plusieurs transformations. Je connais bien des cas de ce genre. Mais pourquoi donner des exemples qui concernent des étrangers ? Savez-vous, jeunes gens, que j'ai moi-même

---

1. *16 Métamorphoses d'Ovide*, chap. 10, Un couple harmonieux : Philémon et Baucis, p. 105.

le pouvoir de prendre des formes différentes ? Tantôt je suis tel que vous me voyez, tantôt j'ai l'aspect d'un serpent, tantôt, à la tête d'un troupeau, je tire ma force de mes cornes... De mes cornes, hélas ! tant que je l'ai pu... Car aujourd'hui il m'en manque une, comme vous pouvez le constater... »

Et le fleuve se mit à gémir en montrant son front mutilé, qu'il cachait sous une couronne de roseaux.

« Que t'est-il arrivé ? lui demanda Thésée.

— Cela me coûte de te le raconter... Quel vaincu se souvient avec plaisir du combat perdu ? Pourtant j'en ferai un récit exact. D'ailleurs j'ai eu moins de honte à subir la défaite que d'honneur à lutter contre un adversaire d'une telle valeur...

Connais-tu Déjanire ? C'était une jeune fille d'une grande beauté ; elle avait de nombreux prétendants. J'étais l'un d'eux ; en face de moi, Hercule. En nous voyant tous les deux sur les rangs, les autres prétendants se retirèrent.

Hercule, en s'adressant au père de Déjanire, fit valoir que Jupiter était son propre père, parla des travaux que lui avait imposés Junon, de ses victoires et de sa renommée. Pour moi, qui suis un immortel, il n'était pas question de céder ma place à un simple mortel – Hercule n'était pas encore un dieu en ce temps-là. "Tu vois en moi le roi des eaux, c'est moi qui arrose ton royaume, dis-je au père de Déjanire. Je ne serai pas un gendre étranger car je suis né dans ton pays. Et la reine des dieux, Junon, ne me poursuit pas de sa haine ; elle ne m'impose aucun travail pour me punir. Tu te vantes, Hercule, d'avoir pour père Jupiter – mais s'il est vraiment ton père, cela signifie que ta mère a trompé son mari ! Choisis : ou tu as inventé cette histoire, ou tu dois ta naissance au déshonneur de ta mère !"

Depuis un moment Hercule me lançait des regards menaçants ; cette fois il cède à la colère.

"Mon bras vaut mieux que ma langue ! s'écrie-t-il. Pourvu que je te vainque au combat, garde pour toi la supériorité de la parole !" Et il fonce sur moi avec arrogance.

Après lui avoir tenu un discours aussi méprisant, il n'était pas question que je recule devant lui. Je retire ma robe verte et, les poings devant la poitrine, je me mets en garde. Comme le font tous les lutteurs, dont le corps est rendu glissant à cause de l'huile qui l'imprègne, nous nous sommes mutuellement lancé du sable : cela nous permet d'assurer nos prises.

Hercule tente de me saisir par le cou, par les jambes, il me harcèle de tous côtés. Mais mon poids me défend. Nous nous écartons l'un de l'autre, puis revenons au corps à corps, accrochés au sol, pied contre pied, front contre front, bien décidés à ne pas reculer. Trois fois sans succès Hercule essaie de repousser loin de lui ma poitrine, qui pèse sur la sienne. À la quatrième tentative, il se dégage de mon étreinte, dénoue mes bras qui l'encerclent et puis – je ne vous cache rien –, d'une poussée, il me fait tourner sur moi-même et se cramponne à mon dos. Croyez-moi ! Je me sens écrasé comme par une montagne ! À grand-peine je parviens à glisser entre nous mes bras ruisselants de sueur, à dégager ma poitrine. Je suis à bout de souffle. Il s'en aperçoit, me presse et m'attrape le cou. Je tombe et je mords la poussière.

Alors je glisse de ses mains sous la forme d'un long serpent... Quand Hercule voit onduler mes anneaux, qu'il entend siffler ma langue fourchue, il se met à rire. "Moi, clame-t-il, j'étais encore au berceau quand j'ai vaincu les deux serpents que m'avait envoyés Junon... Et l'hydre de Lerne, as-tu oublié, Achéloüs, comment j'en suis venu à bout ? Elle, elle avait cent têtes et chacune renaissait quand je la lui coupais... Je l'ai achevée par le feu... Mais toi, tu n'es qu'un faux serpent, aux gestes mal assurés... Que crois-tu qu'il va t'arriver ?"

Tout en parlant, il me jette ses doigts autour du cou, il m'enfonce ses pouces dans le gosier. Me voilà pris comme par des tenailles. J'étouffe... vaincu à nouveau.

J'ai encore une chance. Transformé en taureau, je reprends le combat. Il se place à ma gauche, lance ses bras autour de mon encolure. Je fonce devant moi, il me suit, en me tirant en arrière, pèse de tout son poids sur mes cornes et me renverse sur le sable. Mais cela ne lui suffit pas : le barbare brise une de mes cornes et l'arrache de mon front.

Les nymphes des eaux l'ont recueillie, l'ont remplie de fleurs et de fruits et l'ont consacrée à la déesse Abondance. »

Achéloüs avait terminé son récit. Une nymphe parmi ses servantes, les cheveux dénoués, la tunique retroussée à la manière de Diane, s'avança alors vers les convives pour le second service. Elle tenait à la main la corne d'abondance pleine des fruits délicieux de l'automne.

Mais comme les rayons du soleil levant frappaient les montagnes, les jeunes gens se retirèrent, sans attendre que le cours du fleuve ait complètement retrouvé son calme.

Et là, au milieu des eaux, Achéloüs cachait son visage couronné de roseaux, auquel manquait une corne.

(Livres VIII et IX)

13. Iphis

Ne nous étonnons pas que Ligdus soit prêt à laisser mourir son enfant si c'est une fille. Du temps d'Ovide, le père de famille romain a le droit d'exposer sur une décharge publique le nouveau-né dont il ne veut pas – enfant illégitime ou bien fille. Quant à la déesse Isis, venue d'Afrique avec d'autres dieux égyptiens, elle a son temple à Rome et de nombreux fidèles.

Sur la côte sud de la Crète vivait un homme de condition modeste, Ligdus. Il ne possédait ni noblesse ni richesse. Aussi, lorsque sa femme, Téléthusa, attendit un enfant, il lui dit : « Je fais deux vœux à ton sujet : le premier, c'est que tu ne souffres pas au moment de l'accouchement ; le second, c'est que tu donnes naissance à un garçon. S'il s'agissait d'une fille, nos moyens ne nous permettraient pas de l'élever. Je te préviens à contrecœur : elle devrait mourir. » Ils se mirent à pleurer tous les deux. Téléthusa essaya en vain d'amener son époux à changer d'avis : Ligdus demeura inébranlable.

Comme la jeune femme approchait de son terme et portait avec peine son ventre lourd, elle fit un rêve. Au milieu de la nuit, la déesse Isis lui apparut, Isis qui n'était autre que la nymphe Io, autrefois transformée en génisse[1]. Elle portait sur le front le croissant de la lune et l'insigne royal autour duquel s'entrelaçaient des épis de blé couleur d'or. Elle avançait au son des sistres, ces sortes de crécelles métalliques qu'agitent les prêtres de la déesse. Elle était suivie par un cortège de divinités égyptiennes, Anubis, le dieu à tête de chacal, la déesse chatte Bubatis, Apis à la robe bariolée, Horus, son fils, qui posait le doigt sur ses lèvres comme pour inviter au silence, enfin son époux Osiris, qu'elle avait retrouvé après l'avoir cherché longtemps, et le serpent oriental, dont le venin endort.

Ils semblaient si réels que Téléthusa crut être éveillée.

1. *16 Métamorphoses d'Ovide*, chap. 2, Les métamorphoses d'Io, p. 21.

Isis s'adressa à elle : « Téléthusa, toi qui viens souvent prier dans mon temple, ne crains rien. Désobéis à ton époux. Laisse vivre l'enfant que tu auras, quel qu'il soit, garçon ou fille. Je suis une déesse secourable et j'aide ceux qui m'implorent. Tu n'auras pas à te plaindre de moi. »

Isis sortit de la chambre et la jeune femme se leva, toute joyeuse. Elle demanda à la déesse que le rêve devînt réalité.

Peu après elle accoucha d'une petite fille, qu'elle fit passer aux yeux de tous pour un garçon. Personne ne sut la vérité, sauf la nourrice. Ligdus donna à l'enfant le nom de son propre père : Iphis. Ce nom convenait aux deux sexes et Téléthusa s'en réjouit. Le bébé était un bel enfant qui porta, dès sa naissance, des habits de garçon.

Quand Iphis atteignit sa treizième année, son père voulut la fiancer à la blonde Ianthé, une jolie jeune fille du même âge. Les deux enfants se connaissaient ; ils avaient eu les mêmes maîtres et ils s'aimaient beaucoup. Mais alors que Ianthé attendait avec impatience le jour de son mariage, pensant trouver en son époux un homme, Iphis se désolait.

« Comment cela finira-t-il ? se disait-elle. Je souffre car j'aime Ianthé. Mais cet amour est impossible. Même si Dédale revenait de son voyage à travers le ciel, même s'il combinait pour moi une nouvelle invention, cela ne servirait à rien. Me transformeraitil en garçon ? Non, il me faut chasser ces pensées déraisonnables. L'amour naît de l'espoir et je n'ai pas d'espoir. Je ne serai jamais heureuse. Jusqu'ici les dieux bienveillants m'ont donné tout ce que je leur demandais. Mais ce que je demande – ce que m'accordent volontiers mon père, mon beau-père, ma chère Ianthé elle-même –, la nature s'y oppose. La nature est la seule cause de mon malheur. Ô Junon, toi qui présides aux mariages, ô Hyménée, à quoi bon votre présence ? Pourquoi assister à cette cérémonie ? Car il n'y aura pas d'époux, il n'y aura que deux épouses ! »

Téléthusa, de son côté, faisait tout ce qu'elle pouvait pour retarder le jour des noces : tantôt elle prétextait une maladie, tantôt elle invoquait des présages ou des visions de mauvais augure. Mais elle finit par être à court d'inventions. Avant la date fixée, il ne restait plus qu'une journée.

Alors elle se rendit avec Iphis au temple d'Isis. Elles avaient dénoué leur chevelure ; elles s'avancèrent pour embrasser l'autel de la déesse et Téléthusa l'implora : « Isis, toi qui vis en Égypte, le pays du Nil aux sept branches, je t'en supplie, viens à notre secours. Rappelle-toi la nuit où je t'ai vue... toi, ton cortège, les torches qui t'éclairaient, la musique des sistres, j'ai tout reconnu... J'ai fidèlement suivi tes ordres. Si cette enfant existe, si moi-même je n'ai pas été punie de mon mensonge, nous le devons à tes conseils. Aie pitié de nous, aide-nous ! »

Comme Téléthusa se mettait à pleurer, l'autel de la déesse trembla, les portes du temple battirent, les sistres résonnèrent et, dans les cheveux d'Isis, le croissant de lune étincela.

Hésitant entre l'angoisse et l'espoir que lui donnaient ces présages, Téléthusa sortit du temple. Iphis la suivait, à plus grands pas que d'ordinaire. Son teint clair avait bruni, ses traits semblaient plus énergiques, sa chevelure, plus courte, et son corps témoignait d'une vigueur nouvelle : Iphis était devenue homme.

Le jour suivant, Vénus et Junon assistèrent aux noces d'Iphis et de sa chère Ianthé. Le dieu Hyménée les accompagnait, enveloppé dans son manteau orangé, de la couleur du voile des jeunes épousées.

De là, il s'envola vers la Thrace où l'on célébrait le mariage d'Orphée et d'Eurydice[1]. Cette fois le dieu n'offrit aux deux époux qu'un visage maussade ; la torche qu'il tenait donna de la fumée. Mauvais présage !

Mais ceci est une autre histoire.

(Livre IX)

---

1. *16 Métamorphoses d'Ovide*, chap. 12, Vie et mort d'Orphée, p. 117.

14. La légende des Alcyons

Voici un bel exemple d'amour conjugal, récompensé par la métamorphose des deux époux. Ce conte rappelle l'histoire de Philémon et de Baucis[1], mais les personnages vivent dans un palais, non dans une pauvre chaumière, et le récit est entrecoupé de scènes dramatiques fort émouvantes.

La visite d'Iris au royaume du Sommeil a inspiré poètes, peintres et musiciens, en particulier au XVIIe siècle.

---

1. *16 Métamorphoses d'Ovide*, chap. 10, Un couple harmonieux : Philémon et Baucis, p. 105.

Céyx régnait sur la terre de Trachine, au centre de la Grèce. Il était le fils de Lucifer, l'astre du matin, et son visage lumineux gardait comme un reflet de l'éclat de son père. C'était un homme bon et pacifique ; il aimait passionnément sa jeune épouse, Alcyone, et elle le lui rendait bien.

Cependant Céyx s'attristait en pensant au sort de son frère, un être violent qui ne se plaisait qu'au combat. Il venait d'être métamorphosé en épervier ; cet animal féroce répand la terreur parmi les oiseaux en s'acharnant contre eux tous. Céyx était si troublé par cette métamorphose que, pour apaiser son inquiétude, il résolut d'aller consulter l'oracle d'Apollon. Le sanctuaire de Delphes était près de son royaume, mais des brigands en interdisaient l'accès. Il lui fallait aller beaucoup plus loin, en Asie Mineure, à Claros, sur la côte d'Ionie.

Céyx fit part de son projet à son épouse. Dès ses premiers mots, Alcyoné pâlit et se mit à pleurer si fort qu'elle n'arrivait plus à parler. Elle essaya à trois reprises. Elle finit par y parvenir, les sanglots interrompant ses plaintes.

« Qu'ai-je fait, mon époux chéri, pour que ton cœur ait changé ? Toi qui as toujours si bien pris soin de moi, comment peux-tu m'abandonner ? J'espère au moins que tu feras route par la terre : cela m'attriste mais ne m'épouvante pas. C'est l'eau que je redoute, c'est l'effrayante image de la mer.

J'ai déjà vu sur le rivage des débris de vaisseau, j'ai vu les tombes vides des naufragés, sur lesquelles on n'a pu inscrire aucun nom. Et ne crois pas qu'Éole, mon père, puisse te protéger. Il est le dieu des vents, mais une fois que ceux-ci se sont déchaînés, nul ne peut les arrêter ; la terre et les flots sont en leur pouvoir. Je connais bien les vents ; enfant, je les voyais dans la maison de mon père et je sais à quel point ils sont redoutables. Mais, cher époux, si rien ne peut ébranler ta décision, au moins emmène-moi avec toi. Nous partagerons les risques du voyage. Nous serons ensemble pour suivre les routes de l'eau. »

Céyx fut ému. Pourtant il ne renonça pas à son projet, bien décidé à voyager par la mer. Il ne voulut pas non plus emmener son épouse, pour ne pas lui faire courir de risques. Il lui promit cependant d'être de retour au bout de deux mois.

Ensuite il ordonna qu'un navire soit mis à flot. À cette vue, Alcyone frissonna, comme prise d'un pressentiment. Tout en laissant couler ses larmes, elle serra son mari dans ses bras. « Adieu », murmura-t-elle et elle s'affaissa sur le sol.

Céyx aurait voulu retarder son départ, mais déjà, pour sortir du port, les jeunes matelots avaient empoigné leurs rames et fendaient vigoureusement les flots. Alcyone se releva pour regarder le bateau s'éloigner. D'abord elle vit son époux debout, à la poupe, lui faire des signes de la main ; elle lui répondit par des signes. Bientôt la distance entre elle et lui augmenta, l'empêchant de distinguer son visage. Mais elle suivit le vaisseau des yeux aussi longtemps qu'elle le put. Avant que le bateau ait disparu à l'horizon, elle aperçut encore le pavillon qui ondulait au sommet du mât. Puis elle retourna dans sa chambre, pleine d'angoisse. Son lit vide lui rappelait l'absent et elle se remit à pleurer.

Cependant, le navire avait quitté l'abri des côtes. L'équipage laissa pendre les rames contre ses flancs et déploya les voiles : la brise se levait.

Le bateau avait parcouru environ la moitié de sa course, la terre était loin et la nuit tombait, lorsque la mer s'agita et blanchit ; le vent se renforça. « Vite ! cria le pilote. Carguez les voiles ! » Il fallait les serrer contre le mât pour qu'elles n'offrent pas de prise au vent. Mais les rafales empêchèrent les hommes d'exécuter cet ordre et le bruit assourdissant des vagues couvrit la voix du pilote. Alors chacun agit à son idée : les uns retiraient les rames, les autres serraient la toile de leur mieux, d'autres rejetaient à la mer l'eau qui entrait dans le bateau. Comme la tempête redoublait de violence, le pilote affolé avoua qu'il ignorait la position de son navire et qu'il ne savait plus ce qu'il fallait ordonner ou défendre. Tout n'était que fracas – clameurs des matelots, sifflements des cordages, écroulements des vagues, roulements du tonnerre. Tantôt la mer semblait monter en haut du ciel pour toucher les nuages, tantôt elle balayait le sable de ses fonds ; aussi noire que le Styx, le fleuve des Enfers, ou bien entièrement couverte d'écume blanche.

Le vaisseau, ballotté par le caprice des eaux, surgissait dans les airs, au sommet d'une lame comme au sommet d'une montagne, regardant les abîmes au-dessous de lui, puis descendait au fond du gouffre, entre les vagues courbes, apercevant à peine, tout en haut, le ciel lointain. Ses flancs retentissaient sous les coups de la mer, tels les murs d'une citadelle ébranlés par les assaillants. Les flots, soulevés par le vent, se haussaient au-dessus du pont. Déjà les chevilles de bois se fendaient, la cire qui enduisait les joints se dissolvait, les planches disloquées laissaient passer l'eau ennemie.

La pluie alors se mit à tomber à torrents : le ciel entier parut descendre dans la mer, la mer se soulever jusqu'au ciel. Les étoiles avaient disparu. Seuls les éclairs déchiraient l'épaisseur des ténèbres. À neuf reprises, les flots battirent les hauts flancs du navire ; la dixième vague, énorme, se rua à l'assaut de la coque et s'acharna sur elle, avant de s'abattre sur le pont, comme sur le rempart d'une ville conquise.

Tous à bord s'agitent en vain ; le courage les fuit. Certains restent stupides, d'autres pleurent, d'autres implorent inutilement les dieux, d'autres enfin se souviennent de ce qu'ils laissent derrière eux, un frère, un père, des enfants, une maison. Céyx, lui, ne songe qu'à Alcyone. Soulagé qu'elle ne l'ait pas suivi et qu'elle échappe au danger, il regrette pourtant sa présence. Il voudrait aussi, avant de mourir, tourner les yeux vers sa patrie. Mais, dans l'obscurité de la tempête, il ne sait dans quelle direction la chercher.

À ce moment, un coup de vent brise le mât et le gouvernail. La mer s'écroule sur le navire, entraînant des hommes dans la mort. Les survivants s'accrochent aux débris du bateau. Et, parmi eux, Céyx. Tout en nageant, il invoque vainement les noms d'Éole et de Lucifer, son beau-père et son père. Il prononce surtout le nom d'Alcyone. Il souhaite que les flots ramènent son cadavre sous les yeux de son épouse et que les douces mains d'Alcyone le mettent au tombeau.

Et c'est encore le nom d'Alcyone qu'il murmure sous les eaux, quand une dernière vague le submerge.

Cette nuit-là, Lucifer demeura dans l'ombre. Comme il ne pouvait pas quitter le ciel, il cacha sa douleur sous des nuages épais.

Alcyone ignorait son malheur. Elle comptait les jours et les nuits et commençait à préparer les vêtements que Céyx mettrait à son retour et ceux qu'elle porterait elle-même. Elle priait tous les dieux et plus particulièrement Junon, la protectrice des femmes mariées. Elle se rendait dans son temple pour lui offrir de l'encens. Mais la déesse ne pouvait accepter les prières qu'on lui adressait pour un mort sans sépulture. Elle appela Iris, la messagère, et lui ordonna d'aller au palais du Sommeil. Ce dieu devrait envoyer à la jeune épouse un songe, qui lui ferait connaître le naufrage de Céyx.

Iris obéit. Elle s'enveloppe de son voile aux sept couleurs et lance dans le ciel son arc, dont elle suit la courbe jusqu'à la demeure du dieu.

À l'extrémité du monde, dans le pays des Cimmériens, se trouve une grotte profonde creusée dans la montagne. Le soleil ne l'atteint jamais, elle est noyée de vapeurs et baigne dans une lumière crépusculaire. Le coq n'y chante pas pour appeler l'Aurore, le chien n'avertit pas son maître, ni l'oie dont l'ouïe est encore plus fine. On n'y entend ni bête, ni troupeau, ni branche agitée par le vent, pas même le son d'une voix humaine. Les portes ne grincent pas : il n'y a pas de portes, pas de gardien non plus.

Là tout est silence et repos. C'est à peine si l'on distingue le bruissement de l'eau sur les cailloux, murmure du fleuve Léthé, invitant à la somnolence.

Devant l'entrée fleurissent des pavots et d'innombrables plantes. La Nuit s'en sert pour composer ses breuvages magiques, grâce auxquels elle plonge la Terre dans l'ombre et dans la torpeur.

Au milieu de la grotte s'élève un lit d'ébène au matelas de plumes, couvert d'étoffes sombres. Le Sommeil y repose. Les Songes sont couchés tout autour de lui, aussi nombreux que les feuilles des arbres dans la forêt.

En arrivant, Iris doit se frayer un passage au milieu d'eux. Les couleurs de son voile illuminent la demeure. Le dieu soulève avec peine les paupières, se dresse et retombe sur son lit. Enfin il s'arrache à lui-même et s'appuie sur son coude : il a reconnu la messagère et lui demande pour quelle raison elle se trouve là.

« Sommeil, répond Iris, toi, le plus doux des dieux, Sommeil, repos de la nature, paix de l'âme ! Toi qui fais fuir les soucis, toi qui détends les corps fatigués et leur donnes de nouvelles forces pour le travail, appelle les Songes capables d'imiter les hommes ! Que l'un d'eux aille dans Trachine apparaître à Alcyone sous les traits de son mari naufragé ! C'est Junon qui l'ordonne. »

Dès qu'elle a délivré son message, Iris s'enfuit ; l'esprit troublé par les vapeurs de la grotte, elle craint de succomber à l'engourdissement. Elle s'en retourne comme elle est venue, en suivant à travers le ciel le chemin de son arc.

Entre tous ses enfants, le Sommeil choisit Morphée, le plus habile à reproduire l'apparence humaine. Puis son corps se détend, sa tête s'enfonce dans l'oreiller, il s'assoupit. Il dort...

Quant à Morphée, il vole dans l'espace, au milieu des ténèbres, sans aucun bruit, même pas un battement d'ailes. Il arrive devant le palais de Trachine. Il détache ses ailes et prend l'aspect de Céyx mort, nu, livide, l'eau dégouttant de sa barbe et de ses cheveux. Il s'approche du lit d'Alcyone.

« Reconnais-moi, ô malheureuse épouse, ou plutôt reconnais mon ombre ! Le vent a surpris mon vaisseau et la mer l'a mis en pièces. L'eau a rempli ma bouche qui criait ton nom. Cesse d'espérer en vain mon retour. Mais revêts des habits de deuil et pleure-moi comme il convient, pour que je parte en paix jusque dans les Enfers. »

Alcyone croit entendre dans son rêve la véritable voix de son époux. Elle gémit, elle se réveille. Elle veut étreindre Céyx et ne rencontre que le vide. Elle crie : « Reste ! Où t'enfuis-tu ? Nous irons ensemble ! » Ses serviteurs inquiets ont apporté de la lumière : elle cherche partout en vain des traces de son passage.

Comme elle ne trouve rien, elle se frappe le visage, déchire ses vêtements, s'arrache les cheveux. « Je suis morte, déclare-t-elle. Mon cher Céyx n'est plus, je l'ai vu, je l'ai reconnu. Il lui est arrivé ce que je pressentais, quand je lui demandais de ne pas me quitter. Mais non ! Il s'est livré à la mer et au vent... Ah puisque tu devais mourir, pourquoi ne m'as-tu pas emmenée avec toi ? La mort ne nous aurait pas séparés... Je ne t'ai pas suivi et pourtant je suis morte. Comme toi, je suis victime de la mer. Je ne lutterai pas, je ne t'abandonnerai pas. Au contraire, j'irai te rejoindre. Même si mes ossements ne se mêlent pas aux tiens dans le même tombeau, au moins nos deux noms seront unis à jamais. »

Le lendemain matin, Alcyone sort tristement de sa demeure et se rend sur le rivage, à l'endroit d'où elle a vu partir le vaisseau de son époux. « C'est là, dit-elle, que son navire a levé l'ancre. C'est là qu'il m'a donné ses derniers baisers... »

Puis elle regarde au loin, vers le large. Elle aperçoit alors quelque chose qui ressemble à un corps. Quand les vagues le roulent vers le rivage, on voit bien qu'il s'agit d'un naufragé. Elle est émue, mais elle veut douter encore. « Pauvre homme ! s'exclame-t-elle. Ton épouse, si tu en as une, sera bien malheureuse ! »

Comme le cadavre se rapproche, Alcyone hésite. Elle ne peut croire ce qu'elle voit. Pourtant c'est lui ! C'est bien Céyx ! Impossible de ne pas le reconnaître... Elle tend vers lui des mains tremblantes, elle s'écrie : « C'est dans cet état que tu me reviens ? »

Au bord de l'eau se trouve une jetée, qui brise les élans furieux de la mer. C'est là qu'Alcyone bondit. Non, elle ne bondit pas : elle vole. Elle rase la surface de l'eau et, de son bec effilé, s'élève un chant plaintif. Elle enveloppe de ses ailes neuves le corps sans vie de son époux. L'a-t-il senti ? Certainement, car les dieux les prennent en pitié. Ils les transforment tous les deux en oiseaux – des alcyons.

Sous cette forme nouvelle, leur amour demeure et leur lien conjugal. Tous les ans, en hiver, pendant sept jours, Alcyone couve ses œufs dans son nid flottant. Alors la mer se calme. Et pour assurer la sécurité de ses petits-enfants, Éole retient prisonniers tous les vents.

(Livre XI)

15. Polyphème amoureux

❋

La scène se passe en Sicile, une île dans laquelle Ovide a placé plusieurs de ses récits, qu'il a longuement visitée et qu'il aime. Dans ce texte il se souvient évidemment de L'Odyssée, *mais il fait du Cyclope un personnage presque ordinaire et, par moments, comique.*

Galatée était l'une des cinquante Néréides, filles d'un dieu marin et d'une nymphe des eaux. Elle vivait en Sicile et elle aimait Acis, un garçon de seize ans, dont un duvet naissant ombrageait les joues pures. Acis était le petit-fils d'un fleuve sicilien. Il faisait le bonheur de ses parents et de la Néréide.

Mais le cœur de Galatée était partagé entre son amour pour le bel adolescent et sa haine envers le Cyclope, ce monstrueux géant à l'œil unique, qu'Ulysse devait rencontrer un jour.

Polyphème était amoureux d'elle et la poursuivait sans relâche. Lui qui inspirait de l'horreur même aux forêts, lui qu'aucun étranger ne pouvait affronter sans y perdre la vie, lui qui méprisait les dieux, était vaincu par sa passion. Il en oubliait sa grotte et ses troupeaux. Il voulait plaire : il peignait ses cheveux raides avec un râteau et se servait d'une faux pour raser sa barbe ébouriffée. Sa férocité coutumière l'abandonnait : il laissait arriver et repartir sans dommage les navires abordant la côte. Il arpentait le rivage à pas pesants, avant de se retirer, épuisé, dans l'ombre de sa grotte.

Au-dessus de la mer s'avance une colline, dont les deux pentes sont baignées par les flots. C'est là que s'assied Polyphème ; ses bêtes l'ont suivi sans avoir besoin qu'il les guide. Il pose à ses pieds le grand pin qui lui sert de bâton, prend sa flûte, faite de cent roseaux, et joue, lançant des sons aigrelets, qui résonnent sur l'eau et dans les montagnes. Puis il parle, et bien qu'il ne la voie pas, il s'adresse à Galatée.

Cachée dans le creux d'un rocher, la Néréide est assise sur les genoux d'Acis. Mais elle entend le Cyclope et retient ses paroles.

« Ô Galatée, plus blanche que la fleur de sureau, plus élancée que le tronc de l'aune, plus éblouissante que le cristal, plus folâtre que le chevreau, plus lisse qu'un coquillage poli par la mer, plus délicieuse que le soleil en hiver, que la fraîcheur de l'ombre en été, plus transparente que la glace, plus douce que le duvet du cygne ou que le lait caillé, et, si tu cessais de me fuir, plus belle qu'un jardin bien arrosé...

Mais aussi, Galatée, plus farouche qu'un taureau sauvage, plus dure que le chêne, plus trompeuse que le flot, plus insensible que le rocher, plus emportée que le torrent, plus fière qu'un paon quand on l'admire, plus cruelle qu'une ourse qui défend ses petits, et surtout – surtout et c'est là, à mes yeux, ton principal défaut – plus rapide que le cerf pourchassé par les chiens, plus rapide que l'aile des vents...

Pourtant, si tu me connaissais mieux, tu regretterais de m'avoir fui ; au contraire tu essaierais de me retenir. J'ai une grotte taillée au flanc de la montagne, toujours protégée de la chaleur et du froid. J'ai des arbres chargés de fruits, j'ai des grappes rouges et dorées dans mes vignes et je garde tout cela pour toi. Tu pourras toi-même cueillir des fraises à l'ombre des bois, des cornouilles et des prunes en automne et, si tu me prends pour époux, tu ne manqueras jamais ni d'arbouses ni de châtaignes. Chaque arbre sera à ton service.

Ce troupeau-ci m'appartient. Mais j'ai encore bien d'autres bêtes, dans la forêt ou dans des grottes qui leur servent d'étables. Si tu me demandais leur nombre, je ne saurais te le dire : seuls les pauvres comptent leur troupeau. Viens, tu verras comme mes bêtes sont belles, les brebis aux mamelles gonflées, les agneaux, les chevreaux de mes bergeries. Et j'ai toujours du lait, que je peux boire ou que je transforme en fromage.

Je ne te ferai pas de cadeaux banals, daim, lièvre, bouc, un couple de colombes, un nid volé à la cime d'un arbre... Non, j'ai trouvé bien mieux pour toi : des compagnons de jeux, les deux petits d'une ourse velue, des jumeaux. Dès que je les ai vus, je me suis dit : je les prendrai pour mon amoureuse... Ah Galatée ! lève un peu la tête au-dessus de la mer azurée ! Viens maintenant, ne dédaigne pas mes présents !

Je me connais, je me suis vu dans le miroir d'une fontaine, et mon image m'a plu. Regarde comme je suis grand ! Jupiter, ce dieu dont vous autres hommes prétendez qu'il est le roi du monde, eh bien ! ce Jupiter n'est pas plus grand que moi. J'ai des cheveux, tombant sur mes épaules, aussi épais qu'une forêt. Mon corps est hérissé de poils, mais ce n'est pas laid : comme les arbres ont un feuillage, les oiseaux un plumage, les brebis un manteau de laine, les hommes ont de la barbe et des poils durs sur le corps. Je n'ai qu'un œil sans doute, mais aussi grand qu'un bouclier ; d'ailleurs le Soleil, qui voit tout, n'a lui aussi qu'un œil. Ajoute à cela que mon père est Neptune en personne. Il règne sur vos mers. Je te le donne comme beau-père.

Ô Galatée ! Écoute-moi ! Prête l'oreille à mes prières ! Vois, je me tiens comme un suppliant et tu es le seul être au monde devant lequel je plie le genou. Moi qui méprise Jupiter et sa foudre, plus que sa foudre je redoute ta colère.

Encore si tu n'aimais personne, je supporterais que tu me dédaignes. Mais je sais que tu aimes Acis... Pourquoi ? Pourquoi me repousses-tu alors que tu acceptes ses baisers ?... Eh bien aimez-vous !... Attends, attends seulement qu'une occasion se présente... Il s'apercevra que ma force est aussi grande que ma taille... Je lui arracherai les entrailles, je le mettrai en pièces, je lancerai ses membres dans les champs, dans les eaux, ce seront là vos noces !

Car moi, je brûle ! Et savoir que tu aimes Acis m'enflamme encore plus... Comme si, dans ma poitrine, flambaient tous les feux de l'Etna... Et dire que toi, Galatée, tu demeures insensible ! »

Après avoir proféré ces menaces et ces plaintes, le Cyclope se dresse et s'éloigne. Incapable de rester en place, il erre à travers bois et pâturages. Soudain il aperçoit Acis et Galatée qui se croyaient cachés.

« Je vous vois ! leur crie-t-il. Je vous préviens, vous vous aimez pour la dernière fois ! »

Sa voix, ivre de colère, roule comme le tonnerre et l'Etna en frémit d'horreur. Épouvantée, Galatée plonge dans la mer. Acis fuit aussi vite qu'il le peut. Il appelle : « Au secours ! Galatée, mes parents, venez à mon secours !... Je vais mourir, à moins que vous ne m'accueilliez dans votre royaume des eaux ! »

Le Cyclope le poursuit, arrache de la montagne un quartier de rochers et le lance sur le jeune homme. Seule l'extrémité du roc l'atteint : cela suffit pour complètement l'écraser.

Galatée alors intervient, rendant à Acis la forme liquide qu'avaient ses ancêtres. Son sang coulait, rouge, sous la roche. En un instant, cette couleur pâlit, prend la teinte boueuse des flots que troublent des pluies abondantes, puis s'éclaircit et devient limpide. Le bloc de pierre fracassé s'entrouvre, par la fente surgissent de longues tiges de roseaux, tandis qu'on entend bouillonner l'eau.

Et voici, ô prodige ! qu'il en sort un jeune homme. Il apparaît à mi-corps, le front couronné de joncs entrelacés autour de deux cornes naissantes. Plus grand qu'Acis, le visage azuré, c'est cependant

Acis lui-même changé en fleuve, et ce fleuve de Sicile a gardé le nom du bel adolescent.

(Livre XIII)

16. Les aventures d'Énée

L'histoire d'Énée, ce Troyen dont les descendants fondèrent la ville de Rome, a été contée par Virgile, dans L'Énéide, *une vingtaine d'années avant qu'Ovide ne commence à écrire ses* Métamorphoses. L'Énéide *a connu un grand succès ; Ovide n'a pas voulu copier l'œuvre de son aîné. C'est pourquoi il se contente de résumer les principales aventures d'Énée et s'attarde sur des épisodes secondaires que Virgile n'a pas ou peu traités.*

Ovide s'inspire aussi de L'Odyssée *pour évoquer le Cyclope dans le récit d'Achéménide.*

Enfin la guerre de Troie s'achevait. Les Grecs vainqueurs s'apprêtaient à rentrer dans leur pays, ne laissant derrière eux que des ruines fumantes.

Dans la ville de Troie le feu brûlait encore ; la plupart des guerriers étaient morts ainsi que le vieux roi Priam. Les Troyennes, que se disputaient les chefs grecs, devaient partir en esclavage. Elles embrassèrent une dernière fois les statues de leurs dieux dans les temples en flammes.

Sur la rive le vent faisait claquer les voiles des bateaux. « Troie, adieu ! crièrent les femmes. On nous emmène loin de toi ! », et elles baisèrent le sol de leur patrie avant de monter à bord des vaisseaux.

Mais tout espoir n'était pas perdu pour les Troyens. Un certain nombre avait pu échapper aux massacres et, parmi eux, Énée. C'était le fils d'un mortel, Anchise, et de la déesse Vénus. Énée emportait avec lui les images sacrées des dieux. Il avait hissé sur son dos son vieux père Anchise et tenait pas la main son fils Ascagne. Sa femme était morte dans l'incendie.

Avec ses compagnons, Énée se réfugia au sud de la ville détruite, au pied du mont Ida. Cette montagne était consacrée à la grande déesse Cybèle, la mère des dieux. Ses pentes étaient couvertes de pins, avec lesquels les Troyens construisirent leurs bateaux. Dès qu'ils le purent, ils s'embarquèrent, à la recherche d'une terre où s'établir et fonder une nouvelle Troie.

Ils errèrent longtemps sur la mer. Ils finirent par aborder dans l'île de Délos, où régnait Anius, prêtre d'Apollon. Celui-ci les conduisit dans le temple du dieu et leur montra deux arbres : la déesse Latone s'était appuyée contre eux quand elle avait accouché de ses jumeaux, Apollon et Diane.

Après avoir répandu l'encens sur l'autel sacré, versé le vin et brûlé les entrailles des bêtes égorgées, les Troyens se rendirent dans le palais d'Anius. Ils y furent magnifiquement reçus. Le lendemain, ils consultèrent l'oracle du dieu, puis ils échangèrent des présents avec leur hôte. Anchise eut un sceptre, Ascagne, un carquois, Énée, un vase de bronze ciselé. À son tour il offrit à Anius un coffret où conserver l'encens et une couronne d'or et de pierreries.

Les Troyens allèrent ensuite en Crète, mais n'y séjournèrent pas longtemps. Ils naviguèrent le long de la Grèce, en remontant vers le nord, contournèrent le sud de l'Italie et la Sicile et réussirent à échapper aux monstres redoutables, Charybde et Scylla, qui empêchaient les bateaux de passer. Entre-temps le vieil Anchise était mort.

Ils approchaient de la côte italienne quand une tempête les entraîna jusqu'en Afrique. Énée y fut accueilli par Didon, la reine de Carthage. Il y demeura un certain temps, mais dut s'éloigner, une fois de plus, abandonnant la reine qui l'aimait et le pays des sables.

Il retourna en Sicile, se glissa entre l'île d'Éole, le maître des vents, l'île des Sirènes et le rivage italien. Puis il longea une zone marécageuse et s'arrêta à Cumes pour y rencontrer la Sibylle.

La Sibylle, une très vieille femme, était prêtresse d'Apollon. Énée pénétra dans la grotte où elle vivait – son antre – et lui demanda de l'aider à traverser l'Averne. C'était un petit lac aux vapeurs sulfureuses, qui conduisait aux Enfers. Il voulait consulter l'ombre de son père Anchise.

La prêtresse ne répondit pas aussitôt. Elle garda les yeux baissés et les releva seulement lorsque le dieu prit possession d'elle.

« Tu demandes beaucoup ! dit-elle à Énée. Il est vrai que tu es un homme de grand courage et de piété, comme tu l'as prouvé dans ta ville en flammes. Aussi ne crains rien : tu obtiendras ce que tu veux. Je te servirai de guide. Tu iras dans le séjour des morts et tu y verras l'ombre chérie de ton père. »

Sur l'ordre de la Sibylle, Énée coupa un rameau d'or et ils purent entrer dans le royaume où Pluton, maître des Enfers, fait régner la terreur. Le Troyen rencontra ses ancêtres et son père Anchise lui apprit à quels dangers il serait exposé dans l'avenir et quels combats il devrait mener.

Ensuite Énée reprit le chemin du retour. Dans l'effrayante épaisseur de l'ombre, il allait d'un pas fatigué et, pour tromper sa fatigue, causait avec la prêtresse qui le guidait.

« Tu seras toujours à mes yeux une véritable déesse, lui dit-il, car grâce à toi j'ai pu visiter le royaume des morts et, surtout, j'ai pu en sortir. Par reconnaissance envers toi, quand je me retrouverai à l'air libre, je te ferai construire un temple et brûlerai l'encens en ton honneur. »

À ces mots la Sibylle se tourna vers lui, en poussant un profond soupir.

« Je ne suis pas une déesse, affirma-t-elle. Tu ne dois pas brûler d'encens pour une simple mortelle. Cependant j'aurais pu devenir immortelle, si j'avais cédé à l'amour qu'Apollon éprouvait pour moi.

Il a tenté de me séduire par ses présents. "Fais un vœu, me dit-il, et, quel qu'il soit, il sera exaucé..." Alors je ramassai une poignée de poussière et, sans réfléchir, demandai de vivre autant de jours qu'il y avait de grains de poussière dans cette poignée. Mais, dans mon étourderie, je ne demandai pas de conserver ma jeunesse, au cours de toutes ces années à venir. Pourtant le dieu m'aurait accordé la jeunesse éternelle, si j'avais répondu à ses avances.

Je ne l'ai pas fait, j'ai dédaigné son offre et suis toujours vivante. La vieillesse est venue de son pas tremblant et je dois la subir encore longtemps. Sept siècles ont déjà passé ; il m'en reste trois à supporter. Bientôt je perdrai ma haute taille, mon corps deviendra frêle et léger. Personne, en me voyant, n'ira imaginer que j'ai été aimée d'un dieu. Apollon lui-même ne me reconnaîtrait pas et prétendrait n'avoir jamais eu pour moi de tendresse...

Et c'est ainsi changée que j'irai à ma fin. Mais quand je serai morte, il me restera encore la voix. C'est ce que me laissera le destin ! »

Cependant Énée était sorti des Enfers et il avait repris sa navigation. Il aborda bientôt à Gaète, sur la côte du Latium, région du centre de l'Italie. Là avait fait escale Macarée, un Grec, qui avait accompagné Ulysse, puis s'était séparé de lui. Or, dans le bateau d'Énée, se trouvait aussi un Grec, Achéménide.

Macarée s'en étonna. Comment se pouvait-il qu'un Grec, vainqueur de Troie, fût dans le vaisseau d'un Troyen, son ennemi d'autrefois ?

Achéménide alors conta son histoire.

Il était avec Ulysse et ses compagnons quand ceux-ci se rendirent en Sicile et furent prisonniers du Cyclope. Ils réussirent à s'enfuir sur leur vaisseau, après avoir crevé l'œil unique de Polyphème ; mais ils oublièrent d'emmener Achéménide.

« Imaginez mon état d'esprit, poursuivit Achéménide – mais peut-on parler d'état d'esprit ? La peur m'avait enlevé toute idée, tout sentiment – imaginez pourtant mon état d'esprit quand j'ai vu votre bateau s'élancer sur les flots et gagner la haute mer ! Sans moi ! Vous m'aviez abandonné ! Je voulais vous appeler, mais j'ai eu peur, en criant, de révéler ma présence à l'ennemi. Ulysse, depuis son navire, a interpellé Polyphème pour se moquer de lui : il a bien failli causer sa perte et celle de ses matelots. J'ai vu le Cyclope arracher un pan de la montagne et le lancer sur votre bateau. J'ai cru que le choc allait le submerger et j'ai tremblé, oubliant que moi-même, je ne m'y trouvais pas...

Dès que vous vous êtes éloignés, Polyphème s'est mis à gémir en parcourant la montagne. Il tâtait les arbres, se cognait aux rochers et tendait vers la mer ses bras ensanglantés, en injuriant les Grecs et tous leurs descendants. "Ah ! criait-il, si seulement le hasard me ramenait Ulysse ou l'un de ses compagnons, quel plaisir j'aurais à l'attraper, à déchirer ses membres, à inonder mon gosier de son sang, à faire craquer ses os sous mes dents ! Alors, d'avoir perdu la vue me serait bien égal !" Tandis qu'il exhalait ainsi sa fureur, je voyais son visage cruel, son corps monstrueux ; je croyais voir ma mort. Je pensais qu'il allait me saisir et me dévorer. Dans mon esprit restait gravée l'image de mes malheureux compagnons, qu'il avait assommés et qu'il engloutissait voracement, accroupi sur eux comme un lion sur sa proie.

Je m'attendais à subir le même sort. Pendant des jours interminables, j'allais d'une cachette à l'autre, tremblant au moindre bruit, redoutant la mort tout en la souhaitant. Pour apaiser ma faim, je mangeais des glands, de l'herbe et des feuilles. Mes vêtements n'étaient plus que des haillons, qui tenaient ensemble par des épines. Je vécus ainsi dans la solitude et le désespoir, avec pour seule perspective de finir victime du Cyclope. Et voici qu'un jour j'aperçus un navire au loin.

Après une longue attente, je le vis s'approcher du rivage. J'implorai par gestes celui qui m'apparut comme le maître de l'équipage, j'excitai sa pitié. Et le vaisseau troyen recueillit un Grec ! Ah j'éprouve pour Énée autant d'amour et de respect que pour mon propre père ! Si je mens, que je retrouve le Cyclope tout dégouttant de sang humain ! Jamais je ne pourrai me montrer assez reconnaissant. Car c'est grâce à Énée que je parle, que je respire, que je vois la lumière du soleil et que j'ai l'espoir, au jour de ma mort, d'être enseveli dans un tombeau et non dans le ventre du monstre. »

Lorsque Achéménide eut fini de parler, Macareus, à son tour, raconta son histoire. Comment, ayant dû se rendre dans la demeure de Circé, il avait été transformé en pourceau par cette redoutable magicienne. Heureusement, grâce à l'intervention d'Ulysse, il avait pu retrouver sa forme humaine.

« Crois-moi, Énée, ajouta-t-il en s'adressant au Troyen, n'aborde pas sur cette terre que, d'ici, tu devines, là-bas, dans la brume... C'est le domaine de Circé, qu'il vaut mieux voir de loin que de près. Fuis son rivage ! Je te donne ce conseil, à toi, Énée, fils de la déesse Vénus, car tu es à mes yeux le plus juste des Troyens et, puisque la guerre est finie, plus personne ne doit te traiter en ennemi. »

Énée suivit le conseil du Grec et s'éloigna des terres de Circé. Lui et ses compagnons détachèrent l'amarre de leur bateau et prirent la direction des forêts qui bordent l'embouchure du Tibre. Ils jetèrent l'ancre à l'endroit où le fleuve, à l'ombre des arbres, déverse dans la mer ses eaux jaunies par le sable.

Dans la région demeurait Latinus. Il offrit l'hospitalité aux Troyens et proposa à Énée la main de sa fille Lavinia. Mais elle avait déjà été promise à Turnus, le roi des Rutules, un peuple agressif, qui se plaisait dans les combats. Furieux, Turnus déclara la guerre aux Troyens.

Chaque camp se chercha des alliés. Nombreux étaient les partisans des uns et des autres et bientôt le pays fut à feu et à sang. Il y eut de rudes batailles et longtemps la victoire hésita entre les deux armées.

Turnus alors décida d'incendier les vaisseaux de ses ennemis.

Il lance des torches sur les coques et les ponts, faits avec les pins du mont Ida. Les matelots, que l'eau a épargnés, à présent craignent le feu. Déjà les flammes ont dévoré la poix, la cire, tout ce qui peut les alimenter, elles grimpent le long des mâts, elles gagnent les voiles ; les flancs des bateaux fument.

Mais voici que l'air retentit de sons étranges : choc métallique des cymbales, son assourdi des flûtes en buis. C'est le cortège de Cybèle, la grande déesse, la mère des dieux. Se souvenant que les pins dont sont construits les vaisseaux troyens lui appartiennent, elle accourt du mont Ida et traverse les airs, sur son char attelé de lions apprivoisés. Elle interpelle Turnus : « C'est en vain que tu portes une main sacrilège sur ces membres de mes bois ! J'arracherai tes torches ! Je ne laisserai pas brûler mes pins ! »

Tandis que la déesse parle, un coup de tonnerre retentit ; la grêle se met à tomber et, soulevant les flots, les vents soufflent avec violence. Cybèle utilise leur force pour rompre les câbles qui retiennent au rivage les bateaux. Elle les entraîne vers la mer et les fait plonger dans les vagues.

Et soudain leur membrure s'assouplit, leur bois se transforme en chair. La poupe devient visage ;

les rames, jambes ; les flancs, côtes ; les vergues, bras. La quille joue le rôle d'épine dorsale et des cordages naît une molle chevelure. Mais leur couleur d'azur reste la même. Ce sont des Naïades.

Divinités des eaux, elles jouent dans la mer qu'elles redoutaient jadis, quand elles étaient bateaux. Nées sur la cime d'une montagne, elles demeurent à présent sur la cime des vagues. Mais elles n'ont pas oublié les dangers que leur a fait courir la mer ; elles vont au secours des vaisseaux battus par la tempête. Sauf s'ils transportent des Grecs : elles se souviennent des malheurs de Troie et se réjouissent des naufrages de leurs ennemis d'autrefois.

On pourrait croire que le prodige des navires troyens transformés en nymphes a effrayé Turnus ; qu'il l'a poussé à mettre fin aux combats. Il n'en est rien. Chacun des camps en présence oublie la cause de cette guerre et s'entête. Ils auraient honte de déposer les armes les premiers. Ils invoquent leurs dieux, et ce qui vaut encore mieux que les dieux, ils font appel à leur courage. Ce qu'ils veulent, c'est la victoire.

Enfin Vénus assiste au triomphe de son fils. Turnus est mort, c'est la chute de son royaume.

Énée a vaincu grâce à sa valeur, tous les dieux l'admettent, même ceux qui, comme Junon, le poursuivaient de leur ressentiment. Son fils Ascagne possède un pouvoir bien établi. Il est temps pour Énée de quitter la terre.

Vénus avait déjà prévenu les dieux de ses intentions. Elle se pend au cou de Jupiter.
« Ô mon père, lui dit-elle, toi qui as toujours écouté mes prières, je t'en supplie, montre-toi bienveillant envers mon cher Énée, ton petit-fils ! Donne-lui une place parmi les divinités – une toute petite place, au dernier rang si tu veux... C'est assez qu'il ait déjà vu une fois le sinistre royaume des morts et qu'il ait déjà franchi l'Averne. »

Les dieux approuvent sa demande, même Junon qui montre un visage apaisé. Jupiter lui répond : « Vous êtes tous les deux, toi et ton fils, dignes de cette faveur céleste. Qu'il en soit comme tu le souhaites ! »

Vénus remercie son père et s'envole, dans l'air léger, sur son char que tirent des colombes. Elle se pose sur la rive du petit fleuve Numicius, qui serpente jusqu'à la mer au milieu des roseaux. Elle voudrait qu'il plonge Énée dans ses eaux et, de cette façon, le purifie de tout ce qui en lui est encore mortel. Le fleuve obéit. Il ne reste plus du héros troyen que la partie la plus noble.

Sa mère alors imprègne son corps de parfum et pose sur ses lèvres un mélange de nectar et d'ambroisie – nourriture céleste.

Elle fait ainsi de lui un dieu que, plus tard, les Romains honoreront dans un temple, sur des autels.

(Livres XIII et XIV)

Pour en savoir plus

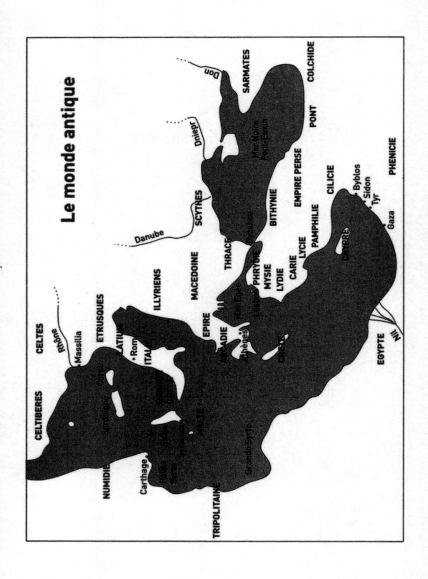

Le bassin méditerranéen

Index des noms de dieux
et figures mythologiques

Achéloüs : le fleuve le plus long de la Grèce ; il traverse le centre du pays et se jette dans la mer Ionienne. Ovide le présente comme un dieu en robe verte, couronné de roseaux, le front orné de deux cornes.
Anchise : Troyen, époux de la déesse Vénus, père d'Énée.
Apollon : fils de Jupiter et de Latone, frère jumeau de Diane. Dieu de la poésie et de la musique, couronné de laurier, il tient à la main une lyre. C'est aussi un habile archer.
Bacchus : fils de Jupiter et de Sémélé. Venu d'Orient en Grèce, il apprend aux hommes à cultiver la vigne. Dieu du vin et du théâtre. Dionysos en grec.
Les Cimmériens : peuple mythique, vivant dans un pays privé de la lumière du soleil, à la limite des mondes connus, près des Enfers.

Circé : fille du Soleil, magicienne redoutable.

Cupidon : fils de Vénus, dieu de l'amour. Représenté sous les traits d'un enfant qui tient un arc et des flèches. Éros en grec.

Cybèle : la déesse mère des dieux, adorée en Asie Mineure. Son culte est célébré sur les hauteurs, comme sur le mont Ida, près de la ville de Troie.

Dédale : architecte, sculpteur, inventeur athénien. Il construisit le Labyrinthe pour Minos, roi de Crète. Enfermé dans ce Labyrinthe, il s'en évada avec Icare, son fils, en se fabriquant des ailes.

Diane : fille de Jupiter et de Latone, sœur jumelle d'Apollon. Déesse de la chasse. Artémis en grec.

Énée : Troyen, fils d'Anchise et de la déesse Vénus. Ses descendants fonderont la ville de Rome. Virgile a conté ses aventures dans *L'Énéide.*

Éole : fils de Neptune, dieu des vents. Les Anciens situaient sa demeure dans l'une des îles éoliennes ou Lipari, archipel au nord de la Sicile.

Hercule : fils de Jupiter et d'Alcmène. Poursuivi par la haine de Junon. Célèbre à cause de sa force et des douze travaux qu'il dut accomplir pour se racheter des meurtres qu'il avait commis dans une crise de folie. Héraclès en grec.

Iris : messagère des dieux, elle se déplace sur l'arc-en-ciel.

Isis : déesse égyptienne, épouse d'Osiris, mère d'Horus. D'après Ovide, elle se confondrait avec la nymphe Io, devenue génisse avant d'être retransformée en femme. Elle porte sur la tête deux cornes qui symbolisent le croissant de la lune.

Junon : épouse et sœur de Jupiter. Elle poursuit de sa haine les nombreuses femmes ou déesses aimées de son époux volage. Déesse du mariage. Héra en grec.

Jupiter : roi tout-puissant des dieux, maître de l'univers. Armé de la foudre. Zeus en grec.

Latone : fille de Titans, aimée de Jupiter, mère des jumeaux Diane et Apollon. Junon, qui la haïssait, interdit à la terre de l'accueillir au moment de son accouchement. Seule l'île de Délos accepta de la recevoir. Léto en grec.

Lucifer : l'étoile du matin. Père de Céyx.

Mars : fils de Jupiter et de Junon, dieu de la guerre. Arès en grec.

Mercure : fils de Jupiter et de Maia. Dieu du commerce et des voyageurs. Hermès en grec.

Minerve : fille de Jupiter, elle sortit tout armée de la tête de son père. Déesse des guerres justes, de la sagesse et des travaux domestiques. Experte dans l'art de filer et de tisser la laine. Athéna ou Pallas en grec.

Minos : roi de Crète. Grâce à lui, son pays connut la prospérité et la justice. Sa femme, Pasiphaé, éprouva une passion insensée pour un taureau, dont elle eut un fils monstrueux, le Minotaure, au corps d'homme, à la tête de taureau. Minos le fit enfermer dans le Labyrinthe.

Morphée : fils du dieu Sommeil, capable de prendre l'apparence de n'importe quel humain.

Neptune : frère de Jupiter. Dieu de la mer. Père du Cyclope Polyphème. Poséidon en grec.

Pluton : frère de Jupiter. Roi des Enfers où se trouvent les ombres des morts. Hadès en grec.

Polyphème : l'un des Cyclopes, fils de Neptune. Géant ne possédant qu'un œil au milieu du front, il demeure en Sicile, près de l'Etna, vit de l'élevage des brebis et dévore les voyageurs assez imprudents pour accoster sur l'île.

La Sibylle : prêtresse d'Apollon. Quand le dieu l'inspire elle prophétise l'avenir en des termes obscurs. Elle vit dans son antre, près de Cumes, sur la côte italienne, en Campanie, dans une zone marécageuse.

Le Soleil : Pour Ovide, c'est une divinité distincte d'Apollon. Pour éclairer le monde, il conduit tous les jours son char dans le ciel, de l'orient à l'occident. Phébus ou Hélios en grec.

Thésée : héros grec. Parmi ses nombreux exploits, le plus célèbre est celui qu'il réalisa en tuant le Minotaure. S'il put entrer et ressortir du Labyrinthe, ce fut grâce à Ariane, la fille de Minos.

Turnus : rois des Rutules, dans le Latium, au centre de l'Italie. Rival et ennemi d'Énée, qui réussit à le vaincre.

Ulysse : héros grec. Vainqueur des Troyens. Après avoir rendu aveugle le Cyclope Polyphème, fils de Neptune, il fut poursuivi par la haine du dieu et passa dix années à errer sur la mer avant de pouvoir rentrer chez lui. Homère a conté ses aventures dans *L'Odyssée*.

Vénus : fille de Jupiter. Mère de Cupidon et d'Énée. Déesse de la beauté et de l'amour. Aphrodite en grec.

Françoise Rachmuhl

L'auteur aime les contes depuis toujours. Elle aime les écouter dès son enfance lorraine, les inventer, les lire. Plus tard, elle se mettra à en écrire. Au cours de ses nombreux voyages, elle a recueilli récits traditionnels et légendes, dits ou publiés en français ou en anglais (elle a séjourné aux États-Unis). Elle a publié pour la jeunesse une dizaine de recueils de contes de différents pays ou des provinces de France. Après avoir longtemps travaillé dans l'édition scolaire, elle anime actuellement dans des classes des ateliers d'écriture de contes ou de poésie.

Frédéric Sochard

L'illustrateur est né en 1966. Après des études aux Arts Décoratifs, il travaille comme infographiste et fait de la communication d'entreprise, ce qui lui plaît beaucoup moins que ses activités parallèles de graphiste traditionnel : création d'affiches et de pochettes de CD. Depuis 1996, il s'auto-édite et vend « ses petits bouquins », de la poésie, sur les marchés aux livres... Pour le plaisir du dessin, il s'oriente désormais vers l'illustration de presse et la jeunesse. Et avec tout ça, il a trouvé le temps de faire plusieurs expositions de peinture...

TABLE DES MATIÈRES

Introduction 7

1. Le laurier d'Apollon 15
2. Callisto 21
3. La chasse d'Actéon 27
4. La belle histoire de Pyrame et Thisbé 33
5. Les amours du soleil 39
6. Hermaphrodite 43
7. Niobé 49
8. Latone et les paysans de Lycie 57
9. Naissance des Myrmidons 61
10. Le cheveu de Nisus 69
11. Dédale et Icare 75
12. La corne d'abondance 81
13. Iphis 89
14. La légende des Alcyons 95
15. Polyphème amoureux 107
16. Les aventures d'Énée 115

143

Pour en savoir plus...	129
Le monde antique	130
Le bassin méditerranéen	131
Index des noms de dieux et figures mythologiques	133
Françoise Rachmuhl	139
Frédéric Sochard	141

Christian de Montella

Graal

Entrez dans la légende du Saint-Graal,
chevauchez aux côtés des chevaliers,
partez en quête du Secret du monde.
Combattez au nom du Roi Arthur
pour la victoire de la Table Ronde,
de la Lumière contre les Ténèbres...

**QUATRE ÉPISODES
PARUS**

Le chevalier sans nom
PREMIER ÉPISODE

« Il est le fils d'un roi mort de chagrin.
Il grandit au Lac, domaine de la fée Viviane,
qui l'élève en parfait chevalier et ne l'appelle jamais
que l'Enfant. Un jour, selon la prédiction de Merlin,
il part en quête du Graal et apprend son nom.
Il franchit des épreuves, vainc des ennemis,
des monstres et des maléfices. Mais il trouve
sur sa route une ennemie plus redoutable
que les autres, Morgane. Et un maléfice auquel
il ne sait résister : l'amour. »

La neige et le sang
DEUXIÈME ÉPISODE

Le royaume d'Arthur est à l'aube d'un long hiver.
Perceval, un jeune Gallois élevé à l'écart du monde
dans la Forêt Perdue, est fait chevalier.
Reconnu comme l'égal de Lancelot,
Perceval sauvera-t-il le monde du Mal qui le menace ?
Morgane et son fils Mordret trament en effet
un sombre complot contre Arthur.
L'affrontement sera impitoyable,
et déjà la neige se teinte de sang...

La Nef du lion
TROISIÈME ÉPISODE

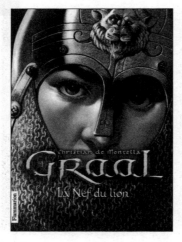

« Galahad, grand jeune homme au visage blanc,
dit avec douceur :
- Ne vous inquiétez pas, mes amis.
Le Graal m'est destiné. C'est ainsi.
Vous n'y pouvez rien, et moi non plus. »
Galahad est-il vraiment l'élu, le Pur, le Prédestiné ?
Saura-t-il poser les Deux Questions
et accomplir la prophétie selon laquelle celui
qui trouvera le Graal fera régner Notre Seigneur
mille ans sur ce monde ?

La revanche des ombres
QUATRIÈME ÉPISODE

« - Où suis-je ? demanda Lancelot.
- À Brocéliande, la Forêt des songes,
répondit une femme.
- Tu t'es égaré, ajouta un homme.
Deux silhouettes s'approchèrent,
grises comme des spectres.
- Il est temps pour toi de mourir, Lancelot.
Les ombres se précipitèrent sur lui.
Il ne les reconnut qu'à cet instant :
Morgane et Mordret, ses ennemis de toujours. »

MICHEL HONAKER

ODYSSÉE

IL Y A LONGTEMPS,
BIEN TROP LONGTEMPS MAINTENANT
QU'ULYSSE A QUITTÉ LE RIVAGE
DE SON CHER ROYAUME D'ITHAQUE
POUR PARTIR À LA GUERRE.
PÉNÉLOPE ET TÉLÉMAQUE ESPÈRENT
CHAQUE JOUR SON RETOUR.
MAIS LE VOYAGE N'EST PAS FINI.

AINSI EN ONT DÉCIDÉ LES DIEUX…

**QUATRE TOMES
PARUS**

LA MALÉDICTION
DES PIERRES NOIRES
LIVRE I

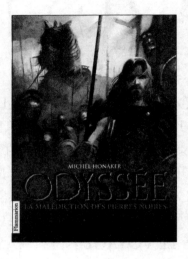

Depuis dix ans, la ville de Troie est assiégée
par l'armée grecque. Elle compte parmi ses généraux
le héros aux mille ruses, Ulysse.
Le destin de tout un peuple repose entre ses mains.
Mais pour l'accomplir ne devra-t-il pas renoncer
à sa vie de simple mortel ?

LES NAUFRAGÉS DE POSÉIDON
LIVRE II

Alors qu'Ulysse erre toujours sur les mers du monde, son fils Télémaque part à sa recherche.
Pénélope est désormais seule face à ses nombreux prétendants. Tous les trois devront déjouer les plans machiavéliques de leurs ennemis,
humains comme divins.

LE SORTILÈGE DES OMBRES
LIVRE III

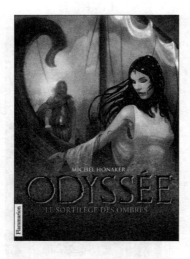

La folie des hommes et la colère des dieux
ont empêché Ulysse d'atteindre Ithaque.
Repoussé par des vents contraires,
il échoue sur l'île de l'envoûtante Circé.
Tandis qu'Ulysse se bat pour résister aux sortilèges
de la magicienne, son fils, Télémaque,
découvre le destin tragique qui l'attend...

LA GUERRE DES DIEUX
LIVRE IV

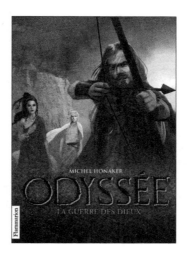

Ulysse aperçoit enfin la côte d'Ithaque,
où l'attend sa dernière épreuve,
peut-être la plus terrible... Mais, pour qu'il puisse
reconquérir son trône, les dieux doivent lever
la malédiction qui l'empêche de rentrer chez lui.
Pourtant, Zeus et Poséidon ne parviennent pas
à trouver un accord et la guerre semble
inévitable. Ulysse sortira-t-il indemne de
cet affrontement divin ?

Imprimé en Barcelone par:

Dépôt légal : août 2010
N° d'édition : L.01EJEN000325.C003
Loi n° 49-956 du 16 juillet 1949
sur les publications destinées à la jeunesse